【味覚創造《みかくそうぞう》】は万能です 2

神様から貰ったチートスキルで異世界一の料理人を目指します

Akibudou
秋ぶどう

Illust.
フルーツパンチ。

MIKAKUSOUZOU HA BANNOU DESU

登場人物紹介
フルール
装飾スキルを持つ少女。
天才と呼ばれる実力者だが、
変わり者な一面も。
日《ひ》之《の》本《もと》巡《めぐる》
食べ歩きが趣味の青年。
「思うがままの味覚が作れる」という
【味覚創造】のスキルを手に入れ、
異世界でレストランを開く。
ビア
ドワーフの少女。
メグルの料理をきっかけに
彼の店を手伝うことになる。

ピルツ
『絢爛《けんらん》』の二つ名を持つ、若くして九つ星を獲得した凄腕料理人。
フレジェ
メグルがお世話になったレストランの経理担当。クールだが甘いものに目がない。
ツキネ
『不思議の森』でメグルと出会った、神の使いである白狐の幼体。

第一話　開店初週

俺、日之本巡《ひのもとめぐる》は、食べ歩きが趣味《しゅみ》のしがない会社員だった。

ある日、山奥にあるという幻《まぼろし》の店を目指していた俺は、足を滑らせて命を落とすことに。

しかし、それを見ていた幻の店の主――食神《しょくしん》の爺《じい》さんによって、まさかの異世界転生を果たす。

転生時に授けられたスキルは、どんな味でも作り出せる【味覚創造《みかくそうぞう》】。

文字通り、頭に思い浮かべた味を料理として具現化できるものだ。

スキルウィンドウに表示されるパラメーターで細かい味の調整も可能だし、見た目や食感はそのままに、味だけをイメージした通りに変化させることもできる万能スキルである。

そんなこんなで、酒蔵の娘でドワーフのビアと白狐《びゃっこ》のツキネを仲間にした俺は、【味覚創造】を使ったレストランを開くべく、美食の都である王都エッセンを目指す。

紆余曲折《うよきょくせつ》を経てエッセンに到着した俺は、様々な人達の協力の下、レストラン『グルメの家』を開店するに至った。

――そんな記念すべき日から、一週間が経った日のこと。

「お客さんの入りはぼちぼちかな……」

俺は開店前の店内チェックを行いながら、ここ一週間のことを考える。

毎日少しずつ客足は増えつつあるが、まだ店内の席が埋まるような繁盛《はんじょう》は見られない。

やはり区外という立地のせいだろうか。

このエッセンは飲食店に特化した『グルメ特区』を中心として、『一区』、『二区』、『三区』、『区外』と外に向けて広がっている。

中心に近いほど飲食店の密度が高く、店の平均レベルも高いのだ。

つまり、中止部から離れた『区外』は飲食店のレベルが下がり、食を目的に訪れる王都民があまりいない。

また、中心部に比べると人通り自体が少ないので、そもそも客になる人が少なかった。

「んー、外観にも新店っぽさがないしなあ」

店の見た目が素朴《そぼく》すぎるのも、客足が増えにくい一因になっているだろう。

王都に来た際ビアも言っていたように、新しい店舗は集客のため目立つ外観に飾り立てることが多い。

特に区外ではその傾向が強く表れていて、俺の店の周りでも派手な建物や懸命《けんめい》な客引きが散見される。

その点、木の質感を生かした俺の店――『グルメの家』は、一見すると小屋のような素朴な外観だ。

看板も地味な配色のため、入店の際「すぐには気付かなかった」と言うお客さんも少なくなかった。

時折、表の様子を見ているが、大半の通行人は目もくれずに通り過ぎていく。

「まあ、別にいいんだけど」

そもそも、俺が店を開いたことを知る人自体が少ないのだ。

グーテの街での料理コンテスト満点優勝によって俺の存在は認知されたが、開店した事実を知る人間は多くない。

料理人ギルドの職員を除けば、店のお披露目《ひろめ》パーティーに参加した人達くらいだろう。

俺が希望すればギルド側で開店情報を公開してもらうことも可能だが、それは止《や》めておくようお願いした。

というのも、もし情報が公開された場合、お客さんが殺到してさばき切れなくなる恐れがあるからだ。

史上初のコンテスト満点優勝はもちろんのこと、俺が五つ星の料理人であることも目立つ。

料理人が持つ星の数は料理人ギルドによる評価——ランク付けのようなものであるが、五つ星となれば中堅《ちゅうけん》と言っていいレベルだ。

区内ではそれほど珍しくない星数なものの、駆《か》け出《だ》し料理人が多い区外においては異例である。

ギルド嬢《じょう》は「情報を公開しないんですか？」と驚いていたが、過度な注目を浴びてキャパオーバーになる事態は避《さ》けたい。

そのため、『グルメの家』のオープンについては、お披露目パーティーの参加者達にも口止めしていた。

カランカラン――

「お」

店を開けて約十分が経った頃、本日初めての来店を報せるドアベルが鳴る。

「やあ、今日も来させてもらったよ」

「コーンさん！　毎日ありがとうございます」

オープン初日に一人目の客として訪れ、それから毎日来店してくれる常連客のコーンさんだ。

俺は接客をビアに任せ、厨房《ちゅうぼう》へと向かう。

「キュウ！」

床に丸まっていたツキネも、それを見てテクテクついてきた。

厨房に入って一、二分、皿の配置等をチェックしていると、ビアがやってくる。

「注文入ったよ！」

「お、今日は何？」

「『味噌《みそ》スープ』と『チキン南蛮《なんばん》』のライスセット。ドリンクは『緑茶』だよ」

「了解」

毎回同じ料理を注文する他の常連客もいるが、コーンさんの注文はいつも少しずつ違う。

理由を聞いてみたところ、なるべくいろいろな味の料理を食べてみたいのだと言っていた。

俺は心の中で【味覚創造】と唱え、スキルウィンドウをオープンすると、【作成済みリスト】を選択する。

一度調整を終えた味覚はワンタップで生み出せるので、リスト内から該当《がいとう》メニューを選ぶだけの簡単な作業だ。

というわけで、まずは緑茶と味噌スープを生成。

「ビア、頼んだ」

「了解！」

先にその二つをビアに運んでもらい、少し時間を空けて生成したメイン料理を自ら持っていく。

メインとの間に時間を空けたのは、実際に料理をしていると思わせるためだ。

料理系のスキルを持つ人間はたくさんいるとの話だが、一瞬で料理を作り出すスキルは知られていない。

特殊すぎるスキル内容の露呈《ろてい》を防ぐため、注文内容に応じて提供までの時間を工夫している。

「お待たせしました。チキン南蛮とライスです」

「おお、ありがとう！　相変わらず美味《おい》しそうだね」

チキン南蛮をテーブルに置くと、コーンさんが目を輝《かがや》かせる。

さっそくいただくよ、と笑った彼は、ナイフとフォークで一切れの肉を取る。

「うん!! 美味《うま》い!! そうそう、この味だよ!」

チキン南蛮を堪能《たんのう》しつつ、ライスを掻《か》き込《こ》むコーンさん。

「ライスも美味いね! ここはパンも絶品だけど、この料理にはやっぱりライスが合うなあ」

ライスはあまり食べないと言っていたコーンさんだが、俺達のおすすめで一度ライスを食べて以来、その味にハマったようだ。

チキン南蛮、ライス、味噌スープを順に食べながら、幸せそうな顔をしている。

「それにしても、ここの料理はどれも違った美味しさがあるよね。開店日に偶然通りかかってよかったよ」

最後まで止まらずに完食したコーンさんは、満足そうにお腹をさする。

彼は二区にある商店で働いており、これまでは一区か二区のレストランで食べることが多かったそうだ。

それがたまたま区外に出向く用事があり、普段は通らない道を歩いたところ、ふと俺の店が目に留まったとのことらしい。

周囲に比べ地味な外観が逆に興味を引き、ほんの気まぐれで入店したそうだ。

「――きっと近いうちに有名になるだろうからね。今のうちに来れるだけ来とかないと」

オープン初日の帰り際、笑いながらそう言ってくれたのは記憶に新しい。

今は昼休憩《ひるきゅうけい》を使って、わざわざ足を運んでくれている。

「それじゃあ、また来るよ。今度はデザートも頼んでみようかな」

「はい、ぜひぜひ。またのご来店をお待ちしています」

ビアと共にコーンさんを見送った俺は、テーブルの食器を厨房に持っていく。

使用済みの食器類はツキネが魔法で綺麗《きれい》にしてくれるため、洗い物の必要はない。

「ありがとな、ツキネ」

「キュウ♪」

洗浄のお礼にひと欠片《かけら》のチョコを渡すと、喜んで齧《かじ》りつくツキネ。

普通の狐ならチョコを食べさせるのは良くないが、神の使いであるツキネなら問題ない。むしろ大好物と言ってよく、おやつに出すと爆食《ばくぐ》いする。

俺は契約のおかげでツキネの考えていることがわかるのだが、いつも喜んでくれていた。

「おかわりもあるからな」

「キュキュ♪」

揺《ゆ》れる尻尾《しっぽ》に笑みが零《こぼ》れるが、皿洗いがツキネ任せなのも申し訳ないので、近いうちに洗浄の魔道具を買おうと思っている。

この世界ではキッチン周りの技術が進歩していて、『魔法版食洗機』のような機械も販売されているらしい。

今度の休みに価格感のチェックも含め、魔道具屋に行ってみる予定だ。

カランカラン――

「お、二人目のお客さんだ」

コーンさんが去ってから数分後、本日二度目となる鐘《かね》の音が。

続けてビアの「いらっしゃいませ！」という元気な声が聞こえてくる。

「よし、今日も頑張るか……！」

少しずつ増える客入りに口角を上げながら、俺は注文を待つのだった。

◇◆◇

一方その頃。

各地にある料理人ギルドの総本部、王都料理人ギルドの上階にて、二人の人物が言葉を交わしていた。

「――それで、今年の『新店フェス』の準備だけれど」

足を組みながらそう話すのは、ギルドマスターであるリチェッタ。

青みがかった銀髪が美しい、妖艶《ようえん》なエルフの女性だ。

彼女は目の前に座る壮年の男性――副ギルマスのミネストラに視線を向ける。

「準備のほうは順調に進んでおります。余裕を持ったスケジュールを組んでおりますので、開催の半月前にはおおよその準備が整うかと」

「ありがとう、助かるわ。今期のフェスは荒れるかもしれないから」

リチェッタは微笑《びしょう》しながら、ティーカップの紅茶に口を付ける。

「そうですね」

大窓から街を眺めるミネストラは、リチェッタの言葉に頷《うなず》き返《かえ》す。

「たしかに今期は荒れそうです。有名どころが多く出てくるでしょうから」

そう言って、手元の資料をペラペラとめくるミネストラ。

資料にはフェスへの参加を決めた新店や、参加権を得て出店を検討中の店舗、覆面《ふくめん》調査員による判断待ちの店舗等が、ずらりとリストアップされている。

「特に注目したいのは、先々月に独立した九つ星のピルツさんですね。他にも多数の高ランク料理人が出店を決めておりますし、参加客達も大いに盛り上がることでしょう」

ミネストラは興奮気味に言ってリチェッタを見る。

「そうね。本当に今期はレベルが高いわ」

高ランクの料理人が多い今期のフェスは、少し前からギルド内でも話題に上がっていた。

フェスの中では王都民達の投票による順位付けも行われるため、どの新店が一位を獲《と》るのか注目する人間も多い。

過去の事例でも、新店フェスで一位を獲ったことで頭角を現し、魔法掲示板――王都の中央広場に設置されたレストランのランキング掲示板のトップ層に上り詰めた店は多数あるのだ。

「ただ、ベテランや腕利きが揃《そろ》っているので、〝新店〟フェスかと言えば微妙なところではありません。我々ギルドとしては喜ばしい限りですが、本当の意味での新人にとっては不運なフェスかもしれませんね」

そう言って苦笑いを浮かべるミネストラ。

同意を求めるようにリチェッタを見るが、彼女は「どうかしら」と笑う。

「必ずしもそうではないかもしれないわよ？」

「……と言いますと？」

リチェッタの意味深な笑みに、ミネストラが首を傾《かし》げる。

「ちょうど今朝、新規開店したレストランのリストをチェックしたのだけれど、彼の店が無事開店してたみたいだから」

「彼の店？　一体誰のことですか？」

「ちょっと待ってて」

リチェッタはそう言うと、デスクから一枚の書類を出す。

「これよ」

「……『グルメの家』？　料理人はメグルさん、ですか。どこかで聞いたような……」

腕を組んで首を捻《ひね》ったミネストラは、書類の続きを読んで目を細める。

「……区外？」

彼が見たのはレストランの住所欄《らん》。そこにはっきり『区外』と書かれている。

絶対にありえないということはないが、新店フェスに区外の店が選出されるのは非常に稀《まれ》なことだ。

料理人のランクは五つ星とあり、区外の店の料理人としては非常に珍しいが、それでもリチェッタがその店に着目する意味がミネストラにはわからなかった。

「先日のグーテ料理コンテストで優勝した子がいたでしょ？」

怪訝《けげん》な顔をするミネストラに言うリチェッタ。

「ええ、満点優勝を果たした料理人ですよね。ずいぶんと話題になりましたが……まさか彼が？」

はっという顔で書類を見たミネストラは、頭に手を当てて再び首を傾げる。

「しかしそうだとすると、あまりに開店が早すぎませんか？　コンテストが行われたのは先々月。わずか一カ月余りで……」

グーテからの移動時間、物件決めや食材の仕入れ契約等、諸々《もろもろ》の過程を勘案すると、異常な開店スピードである。

「ありえません……」

「私も詳しいことはわからないけど――」

信じられない様子のミネストラに、リチェッタは言う。

「彼が普通じゃないことは確かよ。コンテストの満点優勝も異例のことだけれど、料理審査の時点で只者《ただもの》じゃないとローストの報告を受けていたわ」

料理審査の顛末《てんまつ》を報告してくれたロースト――メグルが初めて立ち寄った街、フォレットのギルドマスターの顔を思い浮かべつつ、リチェッタは言う。

「それに……実際にこの目で彼を見たけれど、計り知れない何かを感じたの。私達の想像を超えた何かをやってくれそうな、そんな予感とでも言えばいいかしら。エルフの勘《かん》ってやつね」

冗談めかして笑うリチェッタに、「勘ですか……」と呟《つぶや》くミネストラ。

勘だと言っているが、彼女の勘がよく当たることを、ミネストラは知っていた。

長寿種であるエルフとして長年生きてきた経験と、料理人ギルドのトップを務めてきた経験。

それらを併《あわ》せ持つリチェッタがそう感じるのであれば、その料理人――メグルにはきっと何かがある。

コンテストで満点優勝を果たしたのも、異様な開店までの早さも、彼の持つ何かによるものだと考えれば、ミネストラも納得できた。

「『グルメの家』、ですか。今期のダークホースになりそうですね……」

フェスに参加するためには覆面調査員の推薦が必要であるが、コンテストで満点を取った実力者となれば、確実に推薦を受けられるだろう。

通常よりも多くの高ランク料理人が出店するだけでなく、突如現れたスーパールーキーの参戦。

リチェッタが荒れそうだと言った本当の意味を、ミネストラは理解した。

「ええ。もちろん彼が出店すればの話だけれど」

リチェッタはそう言いながら、大窓の外の景色を見る。

調査員の推薦を受けたとしても、最終的に参加を決めるのは店側だ。

開店申請時の備考欄から目立ちたくないというメグルの心情が窺《うかが》えたため、リチェッタとしても彼が出店するという確信はなかった。

「彼が参加してくれると嬉《うれ》しいですね。今の面子《めんつ》にスーパールーキーが加われば、これまでのフェスの中でもトップクラスの盛り上がりになるでしょう」

ミネストラはリチェッタと同じく窓の外に視線をやり、期待を込めた声音で言った。

「そうね」

リチェッタは静かにそう返すと、区外の方角をじっと見つめる。

ミネストラの言葉には同意していたが、内心では違うことを考えていた。

先日、メグルとの別れ際に彼に伝えた「期待している」という言葉についてだ。

未知数な部分が多いメグルが、どのように成長していくのか。これから先何を成し遂げ、何を王都にもたらすのか。

料理人ギルドを統括《とうかつ》する者としての気持ちはもちろんのこと、食を愛する一人のリチェッタとして、期待している彼女がいる。

返却された書類に視線を落としながら、リチェッタは妖艶に笑う。

「彼が参加してくれることを願っているわ」

第二話　砂糖取引と魔道具屋

地球には休日という概念《がいねん》があったが、それはこの世界でも変わらない。

日本のような週休二日ではなく、週休一日が浸透《しんとう》しているが、日本の飲食店でも店休日は週に一日のところが多い。

俺のレストラン、『グルメの家』もそれにならって、週に一日の定休日を設けている。

そして、オープン後に迎えた二度目の定休日、俺は王都の街を歩いていた。

隣ではビアが並んで歩き、肩の上にはツキネが乗っている。

「キュキュ♪」

外出時はリュックで寝ることが多いツキネだが、今日は目が冴《さ》えているようで、上機嫌に毛づくろい中だ。

俺とビアはそんなツキネの姿に頬《ほお》を緩《ゆる》ませながら、料理人ギルドへと向かう。

ギルドを訪れる目的は砂糖の取引。

以前フォレットにいた際、金策のため魔力で作った砂糖をギルドで売っていたが、好評だったので王都でも売ろうと考えたのだ。

「――すみません、砂糖の取引について相談したいのですが」

「砂糖の取引、ですか？」

ギルドに到着し、カウンターで声をかけると、不思議そうに聞き返してくるギルド嬢。

何を言っているんだ？　という顔をしていたが、ギルドカードを装置にかざすと、納得したように頷いた。

「もしかして、砂糖の定期納入に関する話ですか？」

「ああ、はい。その話です」

話したっけ？　と思い首を傾げると、「備考欄に書いてありました」と言われる。

定期納入は元々ローストさん――フォレット支部のギルドマスターに受けた提案だが、その旨《むね》がカードに記録されていたようだ。

「本部のウチとしても声をかけたかったようなので、願ってもない話です」

ギルド嬢は笑ってカードを返却すると、言葉を続ける。

「相談ということは、定期納入をしていただけるということですか？」

「ええ、そのつもりです。最初は少なめの納入になるかと思うのですが――」

現在は店の運営に割く魔力が多いため、そちらへの余力をなるべく残しておきたい。

その点を踏まえつつ、納入量についての相談を進めていく。

「――なるほど。まとまった量を売るにはもう少し時間がかかると」

「そうですね。こちらの都合で申し訳ないのですが、余裕ができるまでお待ちいただく形になるかと思います」

俺が提案した初期納入量は、週に布袋数個分。

ギルドとしてはもう少しまとまった量を欲しているようだが、都合上それは難しい。

ひとまずは少なめの納入に留めておき、余裕ができるにつれ量を増やしていく形にした。

「あとは、そうですね――」

納入量の話を伝えた後、それ以外の点についてもすり合わせを行っていく。

たとえば砂糖の売値に関して、これまでよりも安値で売ろうと個人的に考えている。

以前も何度か砂糖を売ったことはあるが、その主な目的はお金を得ることだった。この世界に来たばかりで、お金に困っていたからな。

しかし今は、王都までの道中で遭遇したイビルタイガーの討伐で得た資金があり、『グルメの家』の運営で入るお金も出てきている。

そんな中、原価が実質無料の砂糖を高値で売り続けるのは気が引けるし、店の売上より砂糖の売上が圧倒的に多いのも気になる。

ギルドとしては高値でも売れるので問題ないということだが、俺の希望で価格を下げてもらうことにした。

ちなみにこれも個人的な考えだが、この先いくら魔力が増えても、業者のように大量の砂糖を売るつもりはない。

俺の砂糖が広まりすぎると、本来の砂糖の需要に影響が出るし、俺がいなくなった瞬間に供給が途絶えるのも致命的だ。

俺の砂糖の売り先は宮廷や一部の貴族、ランキング上位のレストランがメインとのことなので、節度さえ守れば市場を乱すことはないだろう。

あくまでも市場に影響しないレベルに留めるつもりであると、ギルド嬢に念を押した。

「——とまあ、こんなところですかね。近いうちにまた来ます」

本格的な契約はまた後日という話をして、俺達はギルドをあとにした。

「悪いな、俺の用事に付き合わせて」

「いいよいいよ。砂糖の売上は店の資金になるし、ボクも店の一員として無関係じゃないしね」

ギルドを出た俺達は、魔道具屋の方向に歩いていく。

現状ツキネ任せになっている食器洗い、その魔道具を確認するためだ。

「……そういえば、砂糖ってこの世界では珍しいんだよな？　どんな時に使うんだっけ？」

魔道具屋までの道中、会話のネタとしてビアに尋ねてみる。

恩人のグラノールさんやローストさん達との会話から、この世界で砂糖が稀少《きしょう》だというのは知っているが、それ以外のことはあまり知らない。

「うーん、デザートの原料として使われることもなくはないけど、かなりの高級品ってイメージだね。甘い味付けをしたい時は花の蜜《みつ》とか、サロの実を使うのが一般的だよ。メルの実もよく使うかな」

ビア曰《いわ》く、サロの実というのは癖《くせ》のないシンプルな果実。そのまま食すには味気ないが、煮詰めることで砂糖代わりのシロップになるという。

メルの実からも同様にシロップを作れるが、サロの実のものより風味が強く、扱いに少し工夫がいるらしい。

「へえ、なるほどな」

これまでにも何度か感じたことだが、この世界には『○○の実』というものが多い。

大きめの木の実から草むらに生《な》る小さな実まで、多種多様な実が料理の味付けに使われている。

地球で言うところの、調味料ポジションといったところだろうか。

普通の調味料らしきものを置く店も見たことはあるが、それらの店でも圧倒的に『○○の実』が充実していた。

「やっぱり実で味付けするのが主流なんだな。実の加工品というか、調味料とかはそんなに置いてないだろ？」

「そうだね」

ビアはそう言って頷いたが、「でも」と言葉を続ける。

「王都なら調味料もそこそこ売ってるよ。たしか、一区のどこかだったっけな……調味料をたくさん置いてる巨大専門店があったはず」

「そんなのがあるのか。どんな店なんだ？」

〝巨大専門店〟というワードに興味を惹《ひ》かれ、詳しく尋ねてみる。

「えーと、たしかね——」

ビアは「あくまでボクの記憶だけど」と前置きしつつ、説明してくれた。

料理人ギルドが運営している大店《おおだな》で、王国各地や他国から仕入れた各種調味料を取り揃えているらしい。調味料だけでなく実の類《たぐい》も扱っているそうだが、一般的な店に比べると調味料の割合が多いとのこと。

「気になるなら、魔道具屋の前に寄ってみる？　同じ一区だし、そんなに離れてないはずだよ」

ビアはそう言って立ち止まった。

魔道具屋とは違う方向にあるらしい。

「そうだな、できれば寄ってみたい」

単純に大店を見たい気持ちもあるが、この世界の調味料について学ぶいい機会にもなる。

そんなわけで進路を変更し、調味料屋を見に行くことに。

ビアも正確な場所は把握していないようで、多少の遠回りもあったが、十五分ほどで無事に到着した。

「かなりデカいな……」

王都でも最大規模だという専門店は、ちょっとしたスーパーくらいの大きさがある。

看板の横には料理人ギルドのシンボルマーク——コック帽《ぼう》が描かれており、言われた通りギルドが運営しているようだった。

「おお、匂《にお》いが……」

「独特だよね」

店内に入ると、様々なスパイスの香りがする。そこら中に並べられたカラフルな瓶《びん》が、まるで異世界に迷いこんだような不思議な雰囲気を醸《かも》し出している。

「まあ、ここ異世界なんだけど……」

くだらない冗談《じょうだん》をぼそりと呟く俺。

「キュウ？」

カラフルな瓶が気になるのか、ツキネも肩の上で興味津々《きょうみしんしん》な様子だ。

「たしかに調味料の割合が多いな……」

店内を進みながらぱっと見た感じ、実と調味料の扱いは半々といったところ。

実の使用率が高いこの世界の事情を考えると、相当に多い割合だ。

それぞれの実を加工した調味料はもちろんのこと、オリジナル配合のミックススパイス等も置かれている。

商品数がとにかく多く、俺の知らない調味料ばかりのため、棚の様子を見ているだけでも楽しい。

「これはペッパー系の調味料かな？」

黒っぽい粒《つぶ》状の物が詰められた瓶を手に取り、ビアに尋ねる。

「たぶんそうだと思うけど、詳しくないから断言はできないかな……あ、でもブルの実を加工したものってあるから、辛い系なのは間違いないよ」

「なるほど、ブルの実？　は辛いのか」

「うん。森で採《と》れる一般的な実なんだけど、そのままじゃとても食べられないくらい辛いんだ。刻んだものを少量料理に使ったり、こうして加工したりすることがほとんどだね」

「へぇ、面白いな」

そうしてビアに尋ねながら、様々な調味料をチェックしていく。

途中で見つけた店員にも質問し、店内の物色を楽しんでいると、予定していた以上に長居してしまう。

なんだかんだで外に出たのは、入店から数十分後のことだった。

「調味料って高いんだね……ちゃんと見たことなかったよ」

「そうだな……想像以上でびっくりした」

疲れたように言うビアに、俺は同意する。

俺達が次に目指すのは、元々行く予定だった魔道具屋。一区の中でもエリア的には近いため、徒歩で十分弱とのことだ。

俺達はのんびりと歩きながら、先ほどの店の話をしていた。

味付けに実を使うのが主流のこの世界において、調味料というのは全体的に値段が高い。

もちろん、中には塩等の安価な調味料もあるのだが、高級品はたった一瓶で数万パストを超えてくる。

一パストはだいたい一円くらいの価格なので、それを思えばかなりの金額だ。

また、かねてより稀少と聞いていた砂糖もその例に漏《も》れず、普段使いは到底できないような高値の札が貼《は》られていた。

高値が付けられる調味料の多くは、一部の地域でしか採れない実が原料だったり、加工の難度が非常に高かったりするものなのだという。

加工も単に粉末状にすれば良いわけではなく、魔力的な操作や絶妙な火入れが必要らしい。

それ専門のスキルを持つ職人もいて、名のある職人が加工したものは風味に優れ値段も上がると店員が言っていた。

俺がギルドに売っている砂糖も、それに近い捉え方をされているのだろう。

「調味料専門の職人がいるっていうのは興味深かったな。いろいろなスキルがあるんだなって」

「料理関連のスキルだけでも、数え切れないほどあるからね。特に一流と呼ばれてる人達は、大体が何かしらの調理スキルを持ってるって言うし」

「へえ、そうなのか？」

「スキルを公開する人なんてほぼいないから、本当のところはわからないけど、そうだって言われてるよ。有名なトップシェフ達が作る料理は、通常の調理だけでは説明がつかない美味しさだからって」

「なるほど、面白いな」

いわゆるファンタジー系の物語では、冒険者のほとんどが何かしらのスキルを有し、それを戦闘や生産に生かしている。

この王国の料理においても、それと似た状況があるのだろう。

そんな風に考えながら歩くうちに、目的の魔道具屋に到着した。

「調味料屋もデカかったけど、こっちはさらにデカいな……」

「こっちも有名な大店だからね」

調理器具関係を扱う店としては王都随一《ずいいち》の魔道具屋とのことで、その規模は驚くほどに大きい。

広い店内には大小様々な調理魔道具が陳列されており、異世界風のホームセンターといった趣《おもむき》がある。

見に来たのは洗浄の魔道具だが、他の魔道具にも俄然《がぜん》興味が湧《わ》いた。

「ゆっくり見て回ってもいい？」

「もちろん！　ボクもちょっと興味あるしね」

そう言って笑うビアと共に、さっそく店内を見て回る。

どれも異世界の魔道具というだけあり、俺の知るキッチン用具とは形状の違うものが多い。

「ん？　これは何の器具だろう？」

俺は入り口から少し進んだところに並ぶ、金属製の魔道具を手に取る。

球状の本体部分から短い筒《つつ》が伸びた器具で、取り外し可能な土台には複数のボタンが付いている。

ぱっと見はメタリックで歪《いびつ》なフラスコだが、球体部分は開閉可能で中に何かを入れられるみたいだ。

ギルドの厨房かキッチンスタジオで似たような器具を見た気がするが……使い方の想像がつかない。

「たぶん、実を搾《しぼ》る魔道具なんじゃないかな？」

「ああ、そういうことか」

球状の本体は実を入れる部分で、筒状のパーツは液体を出す部分。

魔石を動力にした搾り器――つまりジューサーのようなものだと思えば、たしかにそのように見えてくる。

店員が来たので一応尋ねてみると、その用途で合っているとのことだった。

「この辺りに置いてある商品は、全て搾り器となっております」

「へぇ、そうなんですか？」

球状の器具以外にも、角ばった形のもの、特大サイズのボックス等があるが、全て搾り器なのだという。

俺が手に取った商品は最もベーシックなタイプらしく、値段も五千パストと一番安い。

使用の度に内部洗浄される便利な搾り器もあるそうで、それらは安いものでも三万パストはする。

最新鋭の商品に至っては数十万パストするものもあり、搾り器といってもピンキリだ。

地球の家電等も性能によって大きく値段が異なるが、魔道具も全く同じである。

「では、他の商品もご案内しますね」

それから俺達は、親切な店員の案内でいろいろな商品を見ていく。

ちなみにツキネは飽《あ》きたのか眠そうにしていたので、リュックの中で休憩させている。

「――これは冷蔵庫か何かですか？」

「いえ、それは実を保存するための魔道具です」

店内の中ほどにあったミニ冷蔵庫のような魔道具。

店員はその扉を開けながら、奥に取り付けられた装置を指す。

「魔石の魔力をこの装置で変換するんです。そのままだと渋《しぶ》くて食べられないガエンの実等、一部の実を美味しく変化させる効果があります」

以前、魔力を流すと味が変わる実があると聞いたが、そうした実のための魔道具のようだ。まさにこの世界ならではといった商品で面白い。

「へぇ、便利な機能ですね」

「もちろん、自分で実に魔力を流せる人ならいいんですが、魔力を上手く使えない人もいますからね。そういう人達がよく購入していきますね」

「なるほど」

俺は頷きながら、特大サイズの魔道具を観察する。

「いろんな用途の魔道具があるんだな……」

半数ほどの魔道具を見て感じたことだが、魔力が絡む分、地球よりも種類が多い。

魔力で味が変わる実もそうだが、魔物の肉等も魔力にさらして味を良くしたり保存期間を延ばしたりするのだという。

冷蔵庫にも魔力を流す部屋が付いているものがあり、本当に魔力が身近なのだと感じた。

「ふーん、こんな器具もあるんだね」

また、ビアも知らない魔道具が多かったようで、驚いている場面も多かった。酒や食材については詳しい彼女も、調理器具は専門外らしい。

二人で「ふむふむ」と頷きながら案内してもらうこと二、三十分、ようやく目的のコーナーに到着する。

「この辺りが洗浄の魔道具になります」

「これまたいっぱいありますね……」

目の前に並ぶたくさんの魔道具を見ながら俺は言う。

形状もサイズも値段もバラバラのそれらは、ぱっと見でも数十種類はありそうだった。

「何かおすすめはありますか？」

「そうですね……洗浄能力の高さなら、この辺りのものがおすすめかと」

店員が指先で示したのは、地球の食洗機と近い見た目の洗浄機。横長のボックス型で、最大辺は一メートルを超えている。

「大きいのでまとめて洗えますし、多くのレストランが実際に使用している定番タイプです」

「そうなんですね」

そう言って値段を見てみると、大体二十五から四十万パスト。

地球の家庭用タイプと比べるとかなり高額に感じてしまうが、魔法洗浄の性能を考えると、妥当《だとう》な値段なのかもしれない。

「うーん……」

低く唸《うな》りながら、定番タイプの洗浄機をチェックしていく俺。

どれも悪い商品ではないのだが、いかんせんサイズが大きすぎた。

比較的小さめのものでも、一メートルは横幅があり、両腕を広げても足りない商品がゴロゴロある。

『グルメの家』のキッチンサイズを考えた時、入らないということはなさそうだが、かなり圧迫されそうだ。

「小さめの洗浄機でおすすめのものはありますか？」

「小さめのものですか？　そうなりますと……」

顎《あご》に手をやった店員が頷き、ひと回り小さな魔道具を手に取る。

「値段は一気に上がりますが、一級魔道具職人が作った商品です。性能は抜群に良いですよ」

「一級魔道具職人？」

聞き慣れない言葉が出たので尋ねると、「魔道具作りの最上級ライセンスのことです」と店員は言う。

数多《あまた》いる魔道具職人の中で、上位一パーセント未満に入るすごい人達だとのこと。

そんな一流の職人が作っているため洗浄力と頑丈《がんじょう》さに優れ、純粋なスペックだけなら最初の商品の三、四倍はあるらしい。

「ふむふむ……だけどその分値は張ると」

一級品の魔道具なだけあり、値段は九十八万パスト。

相当に高額な商品だが、自動メンテナンス機能付きのため、多少の傷なら勝手に修復されるという。

「結構するね……どうする？」

「そうだな……」

悩むところではあるが、クオリティの高さと長持ちする点は魅力的だ。

『グルメの家』の資金的にも、手が届かない額というわけではない。

しばらくビアと話し合った結果、思い切って買うことにした。

「購入の前に他の商品も見ていいですか？」

「ええ、ええ。もちろんですとも。引き続きご案内しましょう」

高額商品が売れてホクホク顔の店員に案内され、他の魔道具も見せてもらう。

こうして俺達の休日は緩やかに過ぎていった。

第三話　新作デザート

カランカラン――

「いらっしゃいませ！」

食洗機を購入した翌日、営業時間も半《なか》ばに差し掛かった頃、快活なビアの声が聞こえてくる。

「いらっしゃいませー」

食器類の洗浄も終わっていたので、俺も厨房から顔を出して挨拶《あいさつ》する。

「あの人はたしか……」

これまでに三、四回来店してくれている若い女性のお客さんだ。

着実なリピーター増加を喜びながら待っていると、ビアが厨房にやってくる。

「はい、注文入ったよ！」

「了解」

そう言って、注文のメモを受け取る俺。

先週までは口頭で注文を聞いていたが、今日からメモを取る形式に変えた。

昨日魔道具屋で洗浄の魔道具を買った後、メモ用の魔道具も購入したのだ。

特殊なインクと紙を使った魔道具で、文字を消して何度でも再利用できる。

「ええと……」

シーザーサラダ、コーンスープ、食後のデザートにフォンダンショコラとドリンクの紅茶。

注文内容を確認した俺は【味覚創造】を発動し、手早くサラダとスープを作る。

「ビア、頼んだ」

「はーい！」

それらをビアに運んでもらい、使用済みの皿を魔法洗浄機に入れていく。

「デザート類が頼まれるようになってきたなぁ……」

先週の中頃あたりからだろうか、デザートの注文が徐々に増えつつある。

開店初週はメインのついでに頼む人しかいなかったが、デザートのみを食べるお客さんも出はじめて、人気が高まっていることが窺える。

特に女性客からの人気が高く、さっきの女性客も毎回頼んでいたはずだ。

単純に甘いものが好きという人もいるだろうが、デザートといえばフルーツが基本の世界において、創作スイーツの物珍しさも人気に火を付けている様子。

デザートについて説明した際、「珍しいね」と驚くお客さんが多数いるとビアが言っていた。

中でもプリンとフォンダンショコラは衝撃的な味のようで、食べた直後に追加注文する人もしばしばいる。

もう一つのデザート、バタークッキーも好評ではあるのだが、他の二品より珍しくはないからか、比較的注文数は少なめだ。

とはいえ、バタークッキーもクオリティは遜色《そんしょく》なく、注文した人はリピートすることも多いので、少しずつ追いついていくだろう。

「——お客さん、サラダとスープ食べ終わったよ」

「おっ、了解。デザートは俺が運ぶよ」

厨房に顔を出したビアにそう答え、もう一度スキルウィンドウを開く。皿とカップ、ミルクと砂糖の用意も含め、わずか数十秒で残りの二品が完成した。

それらを配膳《はいぜん》用のプレートに載《の》せ、厨房の外に出る。

「お待たせしました。フォンダンショコラと紅茶です」

「ありがとう。サラダとスープも美味しかったわ」

「ありがとうございます。そう言っていただけて嬉しいです」

軽く頭を下げた俺は、厨房に戻りがてら店内の様子をチェックする。

先ほどの女性以外に二人のお客さんがいるが、どちらも笑顔で食事中だ。俺の料理に満足してくれているようで安心する。

今はまだ開店から日が浅く様子見の段階であるため、時折こうしてお客さんの反応を確認するようにしていた。

初来店客のコーンさん等、お喋《しゃべ》り好きのリピーター客には直接感想を聞くこともある。

「――メグル、さっきの女性のお客さんなんだけど」

それから十五分ほどが経過し、新たなお客さんの注文を用意していた時、空の皿を運んできたビアが声をかけてきた。

「他にデザートの種類はないの？　だってさ」

「またかぁ……結構な頻度《ひんど》で訊《き》かれるよな」

作り立てのサラダとパスタをビアに渡し、俺は「うーん」と腕組みする。

オープンから数日間は特に何も言われなかったのだが、ここ数日で何件か同じ質問を受けているのだ。

「もう一品くらいなら作ってもいいとは思うけど……」

デザートをメインに頼むお客さんからすれば、もう少し種類が欲しいという気持ちになるのもわかる。

またデザート類は消費魔力がメイン料理より少なめなので、一品増やすだけなら支障にもなりにくい。

しかし一品追加したとしても、三品が四品に変わるだけなのもたしか。

一時的な効果はあるだろうが、結局すぐに別のデザートを求める人達が増えてしまう。

「うーん……」

その後もいくつかの注文をこなしつつ、良いアイディアはないだろうかと考えること数十分。

「……っ！　そうだ！」

日替わりのデザートを出すのはどうだろう？　ふとそんな考えが浮上する。

固定の一品を増やすのではなく、日によって違うものを出すことで、常連の方にも飽きずに楽しんでもらえるのではないか、と。

毎日違う種類のデザートを作るのはさすがに手間だが、同じ種類で日替わりのフレーバー――味だけを毎日変える形にするのであれば、悪いアイディアではないだろう。

曜日ごとのフレーバーや季節限定のフレーバーというのは、日本の店でも人気だった。

同じデザートの味を変えるだけなので魔力的負担も少ないし、今の俺でも十分対応できる。

そう考えた俺は店じまいの後、ビアにも意見を聞いてみる。

「――日替わりのフレーバー？　何それ、すごく面白そう!!」

「あまり一般的じゃないのか？」

「そうだね。やってる店もあるかもだけど、ほとんどないんじゃないかな？　少なくともボクは聞いたことないよ」

「ふむふむ、なるほど」

どうやらこの世界において、日替わりフレーバーは珍しいようだ。

お客さんにも興味を持ってもらえそうだし、一度試してみる価値はある。

「ちょっと休憩してから試作してみるか」

「何を作るかは決まってるの？」

「いや、さっき思いついたばかりだからな。適当に試作してみるつもり。ビアとツキネには味見役として協力してほしいんだけど、付き合ってもらえる？」

「もちろん！　喜んで協力するよ‼」

「キュウ！　キュキュウッ‼」

ビアが笑顔で拳《こぶし》を握り、隅《すみ》で丸まっていたツキネも〝味見〟の一言に反応した。

完全新作のデザートということで、両者とも瞳《ひとみ》が輝いている。

「休憩してからな」

その様子に苦笑しながら、俺は二階の自室に向かう。

ベッドで仰向けに寝転んだ後、どんな種類のデザートにするかさっそく思案を巡らせた。


「キュウ……？」

その翌日。

店を閉めてからデザートの試作をしていると、ツキネが厨房の外に歩いていく。

「どうした？　……ああ、フレジェさん」

ツキネの後をついていくと、淡いピンクの髪が美しい、丸眼鏡《まるめがね》の女性が扉をノックしていた。

転生初日からいろいろとお世話になったグラノールさんの秘書的ポジション、フレジェさんだ。

「すみません、取り込んでいて気付きませんでした」

「いえ。こちらこそ、作業を邪魔してしまいましたか？」

「いえいえ、全然大丈夫ですよ！　どうぞお入りください」

フレジェさんを店内に招き入れ、奥のほうのテーブル席に座ってもらう。

「砂糖の件ですよね？　ちょっと待っててくださいね。キッチンを片付けてきますから」

急ぎ厨房に戻った俺は、さっと作ったクッキーと紅茶をビアに運んでもらい、試作に使っていた食器類を片付ける。

砂糖の件というのは、グラノールさんの店に砂糖を卸《おろ》す契約の話だ。

以前お礼として渡した俺の砂糖に感銘《かんめい》を受け、ぜひ今後も卸してもらえないかとのこと。

現在、彼らの店である『美食の旅』にて新メニューを開発中らしく、そのメニューの中で俺の砂糖を使う予定のようだ。

俺としても恩人の彼らに卸す分には問題ないし、料理人ギルドとも納品の話を進めている。

甘いもの好きなフレジェさんは開店後もプライベートで来てくれるので、彼女とも契約の話を進めていた。

「お待たせしました」

数分で片付けを終えた俺は、フレジェさんの対面に腰かける。

ビアにも隣に座ってもらい、ツキネは膝上《ひざうえ》にちょこんと乗せた。

「いえいえ。クッキーと紅茶を出していただきありがとうございます。相変わらず素晴らしい味ですね」

恍惚《こうこつ》とした顔で紅茶を口にするフレジェさん。

五枚のクッキーが置かれていた皿はすでに空っぽである。

「ありがとうございます。それで、砂糖の契約についてですが、来週あたりから納入の目途《めど》が立ちそうです」

「来週……そんなに早く納入いただけるのですか？」

「ええ、『美食の旅』に卸すくらいの量であれば、それほど難しくはありませんから」

料理人ギルドが求める量の砂糖はともかく、特定の一店舗が求める量なら大した負担にはならない。

「早ければ来週の頭には作れると思うのですが、用意しておきましょうか？」

「助かります。それでは――」

フレジェさんはそう言って、鞄《かばん》から契約書を取り出す。

契約書と言っても簡単なもので、彼女が念のためにと作成したものだ。

書かれているのは、砂糖の買取額等の基本事項。

金額はギルドへの売却予定額から約二割引きとなっている。

彼らは俺の恩人だし、個人的にはもっと安くて構わないのだが、あちら側の総意で決められた額とのこと。

納入頻度については二週に一度を想定しているが、状況次第で臨機応変《りんきおうへん》に対応できるのであくまで目安という感じだ。

契約書に目を通した俺は、同一内容の二枚にサインをし、フレジェさんと一枚ずつ分け合う。

「では、来週頭までに用意しておくので、時間がある時に取りに来てもらえれば大丈夫です」

「わかりました。夕方頃取りに来ますね」

そう言って席を立とうとするフレジェさんだったが、俺はそれを見て試作デザートの件を思い出した。

せっかくの機会だし、彼女に意見を訊いてみるのもありかもしれない。

「あ、フレジェさん。実は今、新作のデザートを作っている最中なのですが――」

「新作デザートですか⁉」

俺が言い終わる前に、食い付いてくるフレジェさん。

「ええ、よければ味見していきませんか？　フレジェさん、甘いものに詳しそうですし、モニターとして意見をもらえると嬉しいのですが」

「食べます！　食べさせてください！」

キラキラと目を輝かせて言った彼女は、前のめりになった自分に気付いたように姿勢を正す。

「コホン……申し訳ありません。食べさせていただいてもよろしいですか？」

「もちろんです。すぐ用意しますね」

俺はツキネを抱いて立ち上がり、ビアと共に厨房へ向かうのだった。


「これが新作デザートですか……」

その数分後。

深めの小皿に入ったデザートを見つめ、フレジェさんが呟く。

「予想していた通りですが、やはり見たことのないデザートですね……」

「ジェラートというデザートです。冷たいのでさっぱりすると思いますよ」

いくつか試作してみた結果、俺が選んだデザートは『ジェラート』。イタリア語で『凍った』を意味する氷菓子である。

作りやすいという理由もあるが、日替わりフレーバーを採用する点でもジェラートは優秀だ。

元々たくさんのフレーバーが存在するし、新しい味も取り入れやすい。

ビアとツキネの反応も良かったため、新メニューの筆頭候補である。

イメージの基盤《きばん》にしたのは、前世で訪れた複数のジェラート専門店と、イタリア遠征で食べた本場のジェラート。

それらの味をベースに置きつつ、フレンチの名店で食べたソルベ、個人喫茶のアイスクリーム等、過去に感銘を受けたアイス類を参考にしている。

メニュー名としては『ジェラート』だが、実際には様々なアイス要素が混ざった感じだ。

ちなみに、基本フレーバーはミルクとなっており、味覚パラメーターは次の通り。

味覚名：ミルクジェラート
要素1【ミルク】↓タップで調整
要素2【甘味】↓タップで調整
消費魔力：145
↓タップで【味覚チェック】
↓タップで【味覚の実体化】

要素は至ってシンプルだが、【ミルク】の中でも【コク】や【まろやかさ】の調整を念入りに行い、【甘味】の要素も上品な後味を実現するために調整を重ねた。

今回フレジェさんに出したのはこの『ミルクジェラート』と、派生フレーバーの『みかんジェラート』。

深めの小皿に白と黄の球体が仲良く並べられている。

「二色でとても綺麗ですね。それぞれ違う味なのですか？」

「ええ、二種類の異なるフレーバーを用意しました。白いほうが基本のミルクフレーバーで、黄色いほうが甘酸《あまず》っぱい果実のフレーバーです。時間が経つと溶けてしまうので、早いうちにお召し上がりください」

「時間が経つと溶けるんですか!?」

「ええ。氷をベースにした菓子ですから」

「氷をベースに……変わったデザートですね」

驚いた様子で言いながら、フレジェさんはスプーンを握る。

ビアも言っていたのだが、この世界には氷菓子の概念がないようだ。

「それではまず、こちらの白いほうから……」

期待半分、不安半分の表情でジェラートを口にしたフレジェさんの顔が驚きに染まる。

「なんですか!?　この素晴らしいデザートは!!」

そう叫ぶや否やすぐさま次のひと口に移るフレジェさん。

「メグルさんの言ったようにとても冷たくて、口の中ですっと溶けていきます……!　ミルクの濃厚な旨味《うまみ》と甘味も絶妙で、溶けた後に残る余韻《よいん》も心地よいです。なんと魅惑《みわく》的なデザートなんでしょう……」

モニターの役目を意識してか、しっかりと感想を述べてくれる。

恍惚とした表情を浮かべた彼女は、みかんジェラートにもスプーンを入れた。

「……っ‼　こちらも素晴らしい味ですね。フルーツ特有のほのかな酸味と優しい甘味……豊潤《ほうじゅん》な香りが鼻に抜けて、驚くほどさっぱりしていますね」

「気に入っていただけたようでよかったです」

上品な所作でどんどんと食べ進めていき、あっという間に完食するフレジェさん。

「はぁ……最高の味でした」

ハンカチで口元を拭《ぬぐ》った彼女は、紅茶を飲んで目を細める。

「店のデザートメニューに加えるつもりなんですけど、他のデザートと比べてどうでしたか？」

「文句の付けようがない、素晴らしいデザートだと思います。メグルさんのデザートはどれも美味しくて甲乙《こうおつ》つけがたいのですが、このジェラートもまた食べたことのない新鮮な美味しさで驚かされました。この店に来る楽しみがまた一つ増えそうです」

フレジェさんはそう言って微笑《ほほえ》む。

「ところでジェラートは、この二つのフレーバーをセットで出すんですか？」

「いえ、実はデザートのレパートリーを増やすべく開発したメニューでして、さっきの二つ以外にもいろいろなフレーバーのものを試作しているんです」

ミルクジェラートを基本メニューとして置き、その他のフレーバーは日替わりで出していくつもりだと伝える。

「日替わりで……？　何種類くらいのフレーバーを用意するつもりなのですか？」

「そうですね……現時点では六、七種類ほど試作していますが、新たな味ができればその度に追加する予定です」

現時点で試作したのは、ミルクとみかんに加え、ピスタチオ、抹茶、メープル、マンゴー等々。

開発に伴う魔力負担が少ないため、定番から変わり種まで気になったものはなんでも試作できる。

「お客さんを飽きさせないため、少なくとも十種類程度の日替わりジェラートを作りたいと思っています」

「十種類！　それは素晴らしいですね……通う回数を増やさねば」

「はは、お待ちしております」

満足げな表情で出て行くフレジェさんを見送りながら、新作デザートの手応えに安堵《あんど》する。

先ほどの反応からすれば、さっそくから明日からメニューに加えられそうだ。

「そうと決まれば、できるだけクオリティを高めておきたいな」

開発コストが低いといっても、味に妥協するつもりはない。

ビアとツキネにおやつのミルクジェラートを作った後、厨房で再びブラッシュアップを開始した。

閑話《かんわ》　覆面調査員

王都料理人ギルドには、通常の職員以外にも、覆面調査を専門とする特殊な部門が存在する。

一定期間ごとに対象の店を訪れ、料理やサービスのクオリティチェックを行うための部門だ。

調査部門に所属するためには、調査員だとバレないための口の堅さや、自然に振る舞う演技力が必要で、変装の上手さも求められる。

今朝方に調査の仕事が入り、街に繰り出したグリルも、覆面調査員を五年間続ける変装の達人であった。

（さてと、今日の仕事は新店の評価か。区外の店は久しぶりだな）

目的の店に向かいながら、顎髭《あごひげ》を指で摘《つ》まむグリル。

今の彼の見た目は、五十歳かそこらのベテラン商人といったところだ。

街行く人々も特に違和感を覚えることもなく、まさか彼の中身が二十代の調査員だとは思いもしない。

（新店フェスね……店にとっては厳しい戦いだよなぁ）

新店フェスに参加できるのは、開店から約半年以内の新店だけ、それも覆面調査員のお墨付《すみつ》きを得た一握りの実力店に限られる。

新店は日々途切れずに生まれ続けているので、その中で参加権を勝ち取るのは容易ではない。

(今日の店は区外にあるし、正直かなり厳しいだろうな。特に今回のフェスは粒ぞろいみたいだし、区外の店の出場なんて夢のまた夢だろう)

区外の店だからダメだということはないが、本心を言えば期待できないというのも事実。

グリルの仕事は公平に評価することであり、どんな店であろうと真剣に臨《のぞ》むつもりだが、彼とて心を持った一人の人間だ。区内の素晴らしい店に比べればモチベーションも低くなる。

(へえ……素朴な見た目のレストランだな)

数十分歩いた後、ようやく目的の店――『グルメの家』に到着する。

苛烈《かれつ》な生き残り競争に打ち勝つべく、新店というのは派手にしがちだが、このレストランはその対極を行く外観だ。

(これでやっていけるのか……って、な!?)

不安を覚えつつ扉を開けたグリルは、思わず足を止める。

「いらっしゃいませ！　おひとり様ですか？」

「あ、ああ……」

「こちらへどうぞ！」

快活な店員――ビアに案内され、テーブル席に通されるグリル。

「こちらサービスのお冷《ひや》とメニューです！　注文の品が決まったらお呼びください！」

「ああ……わかった」

メニューを受け取ったグリルは、気取《けど》られないよう目線だけで店内を見回す。

（まさか、あの外観でこれほど客がいるとはな……驚いた）

グリルが調査を依頼されたのは、『グルメの家』がオープンして一週間と数日が過ぎた頃。

満席というほどではないが、常連客も着実に増えており、客席の三、四割が埋まりはじめた時期である。

外観からガラガラの店内を想像したグリルは、思わぬ賑《にぎ》わいに意表を突かれた形だ。

（さて、気を取り直してメニューを見てみるか）

調査員モードに頭を切り替え、メニューの紙を見るグリル。

「む……」

そしてすぐに、小さな驚きの声を漏らした。

（知らないメニューばっかりだな……異国の料理を出す店なのか？　値段も区外の新店にしては高めだが……）

これまで幾多《いくた》もの店を訪問してきたグリルだが、どのメニューも知らないという経験は初めてだった。

住所と新店という情報しか知らされていない彼は、メグルが持つ星の数なども当然知らず、店の賑わいを不思議に思う。

（それに……この水）

メニューと一緒にサービスのお冷を置かれたが、区外の店でお冷を出す場所は多くない。

浄水の魔道具はかなり値が張るため、出すにしても基本は有料なのだ。

実際にはメグルが生み出した水なのだが、そんなことなど知る由《よし》のないグリルは、喉《のど》を潤《うるお》しながら気前の良さに感心した。

（とりあえずメニューについて尋ねてみるか）

メニュー内容がわからないため、店員を呼んで聞いてみることにする。

「すまない、聞きたいことがあるんだが」

「はいはい！　なんでしょう？」

「どうやら、私の知らないメニューばかりのようなのでね。何かおすすめの料理はあるか？」

「おすすめの料理ですか？　うーん、どれもおすすめなんですが……」

（ほう、ずいぶん自信があるようだな……）

目を細めつつ、グリルは頷く。

「ボク個人のおすすめで言うと、豚の角煮とかですかね。肉料理の中だと一番安いですし。あとは麺《めん》料理のカルボナーラも、モチモチの食感で美味しいですよ！」

「ふむ……ではそのカルボナーラというのを頼む」

「かしこまりました！　サラダやスープもありますけど、いかがですか？」

「そうだな、じゃあ――」

グリルはフィーリングで胡麻《ごま》ドレサラダとコーンスープを注文する。

「かしこまりました！」

注文内容を繰り返した店員が去った後、再び店内を見回すグリル。

(それにしても、皆美味そうに食っているな)

茶色いスープ状の料理や白いソースがかかった肉料理等、どれもグリルの知らない料理ばかりだが、どの客を見ても幸せそうに食べている。

(変わっているが、面白い店だな……)

内心でほのかな期待を抱きつつ、グリルは料理の到着を待つ。

それから約二、三分で、ビアが料理を運んできた。

「お待たせしました！　コーンスープと胡麻ドレサラダです！」

「おお、ありがとう」

お冷を口にしながら、料理を観察するグリル。

(スープは割と普通の見た目だな。サラダのほうは見慣れないソースがかかっているが)

突飛な料理が出るのではと不安な気持ちも多少あったが、美味しそうな見た目で安心する。

(……飲んでみるか)

もう一口お冷を飲んだグリルは、手始めにコーンスープを試すことにした。

他の料理よりもシンプルなスープだからこそ、店の実力が表れるというのがグリルの持論だった。

とろみのある黄色いスープを掬《すく》い、ゆっくりと口を付ける。

「………っ‼」

直後、グリルは思わず絶句した。

(なんだこのスープは‼)

そのスープはあまりにもクリーミーで、すっと喉に溶けていった。

舌の上を駆け巡った衝撃に驚きながら、さらにもう一掬《ひとすく》いして味わう。

(美味い！　なんてなめらかなスープなんだ……‼　見た目も味もシンプルなのに、どこまでも優しく奥深い……)

『グルメの家』のコーンスープは、シンプルな美味しさを追求した粒無しタイプ。

コーンの甘味とミルクのまろやかさ、バターのコクとわずかな塩味……それら全てが一体となって織《お》りなす究極の味わいは、数々の名店を担当してきた調査員であるグリルをも魅了した。

(くっ……！　もう半分も残っていない‼　まだまだ飲んでいたいのに！)

残りは後に取っておこうと思いとどまり、胡麻ドレサラダに移行するグリル。

(このサラダもめちゃくちゃ美味い‼)

箸休《はしやす》めのつもりで食べたサラダの味に、またしても衝撃を受ける。

優しく甘酸っぱい絶妙な味と、焙煎《ばいせん》された胡麻の香り。

葉野菜も臭《くさ》みのない新鮮な味で、シャキシャキ感とドレッシングの粒感が歯を楽しませる。

（おいおい、なんだこの店は!! 区外にできた普通の新店じゃなかったのか!?）

人生史上でもトップクラスの品々に、グリルの手が止まらない。

どちらも完食寸前といったところで、メインのカルボナーラが到着する。

「おお……！」

グリルの口から、感嘆《かんたん》の声が漏れ出した。

（これがカルボナーラ……）

ゴクリと唾《つば》を呑《の》み込み、ぎゅっとフォークを握るグリル。

テーブルに置かれた平皿の上では、平たく延ばされた珍しいタイプの麺に、黄色味を帯びたソースがたっぷり絡んでいる。

ホカホカと湯気の立つその姿を見た瞬間、グリルは『美味い』と直感した。

（いくぞ……!!）

フォークで一気に麺を絡め取り、躊躇《ちゅうちょ》なく口に運んだグリルは、咀嚼《そしゃく》した瞬間に目を見開く。

スープとサラダのレベルからメインへの期待は高まっていたが、その味は期待のさらに向こう側に達していた。

「ああ、美味い……」

ほんの一瞬、調査員としての自分を忘れ、素《す》の声で呟いてしまうグリル。

慌てて周囲をチェックするが、気付いた者はいないようで胸を撫《な》でおろす。

（ふぅ、美味すぎて素が出るなんて初めてだ。カルボナーラ、なんと恐るべき料理……）

絶品スープ＆サラダの後でありながら、メインを張れる圧倒的ポテンシャル。

まろやかでコクのあるソースの味と、絶妙な食感がたまらない麺の組み合わせが、信じられないクオリティの美味しさを生み出している。

（これほど完成度の高い料理はいつ以来だろうか――）

気付いた時にはカルボナーラもスープもサラダも空っぽで、良質な幸福感がグリルの口内を満たしていた。

（正直まだ食べ足りないが……）

グリルはもう十二分に調査員の役目を果たしている。

この後にもう一件別の依頼が控《ひか》えていることを考えれば、プロとしては退くのが正しい選択だ。

名残惜《なごりお》しいが帰るべきだと思っていると、ビアが皿を下げに来る。

「あ、ちなみにウチではデザートも人気なのですが、一ついかがですか？」

「……っ‼」

思わず声が出そうになるのを、グリルは必死でおさえ込む。

（くっ……デザートも人気だと⁉　気になる、気になりすぎる……‼　そうだ、軽く食べられるものなら、食べていってもセーフなはず……）

そして自分に言い訳するようにそう結論づけると、コホンと咳払《せきばら》いした。

「そうか……では、一番軽いデザートを頼む」

調査員としての仕事というより自分の食欲を優先したが、彼に後悔の気持ちはなかった。

（ふっ……本当に恐ろしい店だ）

立ち去っていくビアの後ろ姿を見て、グリルは付け髭を指でなぞる。

この店は新店フェスのダークホースになる——そんな確信を抱くと共に、この店の調査が自分に舞い込んだ幸運に感謝した。

（これがあるから、調査員はやめられないぜ……）

ふっと息を吐いたグリルの決め顔が、その後のプリンで崩されたことは言うまでもない。

第四話　営業時間の短縮と初レビュー

俺、メグルの店——『グルメの家』のオープンから二週間余りが経ち、お客さんもかなり増えてきた。

リピート客はもちろん、新規客の数もそれなりに多く、時間帯によってはほぼ全てのテーブルが埋まることもある。

昨日から提供しているジェラートも大変好評で、今日の営業では日替わりフレーバー目当てで来店するお客さんもちらほらいた。

店としては嬉しい流れだが、何も問題がないわけではない。

ここ数日、お客さんの増加により魔力消費量が増大しているのだ。

ツキネには魔力を回復させる力があり、俺の魔力がなくなる度に回復を頼んでいたのだが、その頻度が増えてしまっていた。

オープン初週は一日あたり一、二度の回復で済んでいたのだが、今では四、五回の回復が標準となりつつある。

魔力は毎度回復しても、精神的・肉体的疲労は少しずつ蓄積《ちくせき》するので、このままではいずれ限界を迎える恐れがあった。


「――というわけで、魔力が増えるまで営業時間を短縮しようと思うんだけど」

「了解！　メグルの体が一番大事だからね！」

「キュキュ！」

閉店後にさっそく相談してみたところ、即答で賛成してくれるビア。

ツキネも疲労の蓄積を心配していたらしく、俺を見上げて賛同する。

「ありがとう。ただ、いきなり変えたらお客さんが困惑するだろうし、来週から短縮することにしよう」

明日から入り口に営業時間変更のお知らせを貼り出して、常連客にはビアから直接伝えてもらうのがいいだろう。

「ちなみに、どれくらい短縮する予定なの？」

「うーん、そうだな……お客さんの入《い》りと魔力消費量を考えると、昼時に三、四時間店を開けるのがベストかな」

今は夕方の少し前まで営業しているから、結構な短縮になる。

本心では、お客さんのためにももう少し長く営業したいところだが、体が資本である以上無理はできない。

「そっか。だけどそれなら、ボクのお給料は少なめにしてもらったほうがいいかもね。三、四時間で今の給料は貰《もら》いすぎだ」

そうビアは言う。

彼女の給料は日本のバイト代を参考にして、日給八千パストにしている。

酒の注文が入った場合はその売上の七割を彼女のものにしているため、実際にはプラスアルファで数千パストが加算される形だ。

「いや、今のままでいいよ。ビアからは家賃を貰ってるし、店の運営が厳しいわけでもないからな」

ビアは現在店の二階に住んでいるが、家賃代として一日千パストを給料から天引きさせてもらっている。

家賃の支払いを強制するつもりはないのだが、彼女なりの礼儀ということだ。

だからというわけではないが、ビアの給料を減らそうなどとは思わないし、店の収入的に減らす必要も特にない。

「うーん、でも……」

納得いかない様子のビアに、俺はさらに付け加える。

「たしかに普通の店なら厳しいのかもしれないけどさ、俺のスキルは特殊だろ？　ビアには助けられてるんだから、給料はそのまま貰ってほしいんだ」

「……わかった。お言葉に甘えるよ」

ビアはそう言って笑うと、「そういえば」と尋ねてくる。

「今ってどれくらいの収益が出てるんだっけ？」

「ああ、たしかにちゃんとは見てないな。あとで確認してみようか」

店を経営する人間として、いくら入ったかをチェックするのは大切だ。

俺はポンと手を叩《たた》き、ひとまず店の片付けを終わらせることにした。

「――よし、じゃあ見てみようか」

片付けを終え、二階の居住スペースに上がった後。

ビアを俺とツキネの部屋に呼び、机の引き出しを開ける。現金入りの魔法袋を保管するための引き出しだ。

「こんなところに大金を置くなんて、やっぱりボクは慣れないや……」

「はは、まあたしかに」

区外の治安を考えると、本来は金庫等に保管しておくのが常識だ。

当然俺達もそう考えて金庫を買おうとしたのだが、不要だとツキネに止められた。

理由を尋ねたところ、二階の居住スペースには防御の結界を張るので、不埒者《ふらちもの》が侵入する恐れはないとのこと。

結界は常に張られており、ツキネが許可を出した人間しか中に入ることができない。ある意味、二階そのものが巨大で頑強な金庫のようなものだ。

引き出しの中から売上用の魔法袋を取り出して、机の上に中身を空けていく。

本日の売上分は一階から持ってきた別の袋に入っているため、区別できるよう離れた場所に置いてある。

「ここ数日は、いくら売り上げたのかちゃんと見てなかったからなぁ……」

我ながら大雑把《おおざっぱ》だと苦笑しつつ、ビアと分担して硬貨を数えていく。

日本のように厳格な税金制度がなく、帳簿《ちょうぼ》を付ける必要がないため、売上についてはなんとなくしか把握《はあく》していない。

開店手続きの際にギルドで聞いたことだが、この国の税金は人頭税《にんとうぜい》らしい。

国民一人一人に一定の税金が課されるため、売上によって納める税金を計算する必要はない。

ただ、飲食店を開いた場合、評価に応じてギルドに納める会費が上がり、そこから一定割合のお金が国に納められるとのことだ。天引きのような形のため、わざわざ納めるお金を残さなくても構わない。

「まあ、それだけが理由じゃないけど……」

税金の計算が不要であっても、開店直後の店ならば売上を気にするのが普通のはず。

どのようなレストランであれ、最初の数カ月はどうしても赤字になるからだ。

しかしその点、俺の場合は、とにかくスキルが特殊である。

魔力だけで料理を作れるということは、食材の仕入れが不要ということ。

ビアが仕入れる酒だけは例外だが、仕入れに伴う支出を回避できる。

店の内装もツキネが作り出したものなので、お金がかかっているものといえば、家賃代と酒の仕入れ代、ビアに支払っている給料、食器や洗浄の魔道具等の備品類だけなのだ。

「よし、俺のほうは数え終わったぞ。ビアは？」

「あと少し。もう終わるよ」

間もなくしてビアも数え終わったので、売上の合計を計算する。

「ええと……合計で五十七万千五百パストか。かなり順調なんじゃないか？」

売れた酒代の七割は毎日ビアに渡しているので、実質的には六十万以上の売上だ。

メインメニューの価格が千百から千三百パスト、それ以外のメニューは五百パスト以下なので、客単価を千五百パストとして軽く計算はしていたが、その予想を上回っている。

「ええと、賃料が月二十四万、この前買った洗浄の魔道具が百万くらいしたから……現時点ではまだ赤字だけど、来月には黒字転換しそうだな」

初週に比べると一日の売上も伸びているため、人件費と酒の仕入れ代、営業時間短縮を勘案しても、来月には間違いなく黒字だろう。

「なんなら来週からグラノールさん達に砂糖を卸しはじめるし、全体でいえば今月中にはプラスになるか」

「そう考えると、本当に異常だよね……」

「たしかに。こんなに早く利益が出るとは思わなかった」

イビルタイガーの売却資金も十分あるし、まずは利益度外視でやってみようと思っていたが、蓋《ふた》を開けてみればこの結果だ。

俺としてもまさかこれほど上手くいくとは思っていなかったので、実際の収支を計算してみて驚いた。

この調子で資金が増えていけば、将来的な店の拡大にも困らないだろう。

いずれは店の移転を……とも考えているため、資金が増えるのは大歓迎だ。

普通のレストランの数倍のペースで資金が増えると思えば、少なくとも金銭面で不自由することはないだろう。

「いやあ」

毎日激務のしがないサラリーマンだった自分が、順調に店を経営できるなんて。

正直なところ経営者向きの性格ではないと思うのだが、本当に【味覚創造】様様だ。

「どうしたの？」

黙《だま》って机を見つめる俺を見て、不思議そうに首を傾げるビア。

「いや……まあ、ちょっとな。改めてスキルの恩恵に気付かされて」

俺はそう言って笑うと、硬貨を袋に戻しはじめる。

自由な味を作れるだけでも万能と言っていいのに、経営面でも破格の利益をもたらしてくれる【味覚創造】。

その素晴らしさを再認識すると共に、明日からも頑張ろうと奮《ふる》い立つ一日だった。

カランカラン――
営業時間短縮を決定した翌日。

あと十分ほどで店を閉めようかという時に、扉の鐘が来客を告げる。

「いらっしゃいませ！」

食器類の洗浄も終わり、特にやることがなかった俺は、厨房の外に出て挨拶する。

相手は二十代後半くらいの男性で、冒険者風の格好をしている。

店内をキョロキョロと見回す様子から、おそらく初来店のお客さんだ。

「営業時間ギリギリだけど、まだ食べられるかな？」

「ええ、大丈夫ですよ」

「はあ、よかった。さっきレビューを見て来たんだ。思ったより遠かったから、間に合わないかと焦ったよ」

「レビューですか？」

ほっと息を吐く男性の言葉に引っかかり、俺は訊き返す。

「うん、冒険者ギルドのレビュー板にこの店のことが書かれていてね――」

「なるほど」

奥のテーブルに案内しながら、男性の話を聞かせてもらう。

来週から営業時間が短くなるとレビューに書かれていたため、混雑が少ない今のうちに来ようと考えたらしい。

「レビュー板には時々掘り出し物の情報があるんだ。俺はそういうのを探すのが好きで、気になった店をこうやって訪ねてるんだよ」

「そうなんですね」

頷きながらメニューを渡そうとすると、「注文は決めてるんだ」と言う男性。

「レビューを見て、『ビーフシチュー』が気になってたんだ。あとはシーザーサラダと、パンをセットでお願いするよ」

「かしこまりました。メニューは下げますね」

俺が机のメニューを下げると、ビアがお冷をテーブルに置く。

「それでは少々お待ちください」

厨房に戻った俺はスキルウィンドウを開きながら、先ほどの話を思い返す。

「レビュー……いつの間にか書かれてたんだろう」

開店後しばらくはランキングやレビューに固執《こしつ》せず、目の前のお客さんに集中したいと考えていたから、ちょっとした青天の霹靂《へきれき》だ。

お客さんが俺の店を評価してくれ、それを見て来た人がいるという事実に、なんだか胸が温かくなる。

「——おお！　これだよ、これ！　本当に深い茶色をしてるんだね」

それから数分後、テーブルに置かれたビーフシチューを見て、頬を上気《じょうき》させる男性。「それじゃあさっそく……」とスプーンで口に運び、笑みを浮かべる。

「美味い!!　初めて食べる味だけど、なんだろう……癖になるというか、繊細《せんさい》な風味と旨味が完璧《かんぺき》に調和してるね！」

　さすがはレビュー好きなだけあり、食レポが様《さま》になっている。

　半分ほどビーフシチューを食べた男性は、サラダとパンも「美味い！」と言いながら食べ進め、怒涛《どとう》のペースでソースの一滴まで完食する。

「ふぅ……素晴らしかったよ。この感じだとデザートも食べられそうだね。ミルクジェラートもお願いしていいかな？」

　ジェラートに関するレビューもあったようで、嬉々《きき》として注文する男性。

「少々お待ちください」

　厨房に戻り、一、二分待ってからミルクジェラートを持っていくと、「本当に新感覚で美味い！」と絶賛してくれた。

「いやぁ、恐れ入ったよ。どの料理もレビューで期待していた以上だ」

「ありがとうございます」

　また来ると思う、と笑顔で支払いを済ませる彼に礼を言い、店の外まで見送りする。

「……あとでレビューを見に行くか」

　遠ざかる背中をしばらく見ていた俺は、そう呟いて掛札を『ＣＬＯＳＥＤ』に変えた。

「――よし、行こうか」

店じまいを終えて短い休憩を取った後、俺達は一区の冒険者ギルドへと向かう。

先ほど聞いたレビューを確認しに行くためだ。

俺一人で行くことも考えたのだが、「記念すべき初レビューを見たい！」とのことで、ビアもついてきてくれている。

「キュウ♪」

もちろんツキネも、肩の上でお座り中だ。

昼寝後の油揚げを食べさせたばかりなので機嫌が良い。

「あ、そうだ。冒険者ギルドの前に料理人ギルドに寄ってもいい？」

「全然いいよ、通り道だし。もしかして営業時間の件？」

「そうそう。報告だけだから一瞬で済むと思う」

営業時間等に変更があった場合は、料理人ギルドに報告することが推奨《すいしょう》されている。

受付で店の情報を尋ねられた時などに、誤った情報が渡るトラブルを避けるためだ。

必須《ひっす》ではないため後回しにしていたのだが、困るお客さんが出ないためにも報告だけはしておきたい。

そんなわけで料理人ギルドに立ち寄って、手短に報告を終えた後、本来の目的である冒険者ギルドに到着する。

「ええと……」

レビュー板はたしかこっちだっけ？

以前来た際の記憶を頼りに進むと、掲示板の前に人だかりができている。

「すごい賑わいようだな」

「ちょうどこれから夕飯って時間だからね」

掲示板にはクエストボードさながらに口コミ用紙がびっしり並び、冒険者達が夕飯について話している。

「相変わらずとんでもない量の口コミだな……」

「うん、探すだけでも大変そう」

料理人ギルドの規模には劣るが、それでもざっと数百枚のレビューが貼られている。

俺とビアは二手に分かれ、左右それぞれから、『グルメの家』のレビューを探すことにした。

「これは骨が折れるぞ……」

右端から一枚ずつ目を通していくが、当然そうすぐには見つからない。

レビュー板は入れ替わりが激しいため、既に剥《は》がされてしまったのではと不安になる。
二、三時間前にはあったようだし、残っている可能性は高いと思うのだが……
そう思いながら血眼《ちまなこ》になること数分、なかなか見つからず少し諦《あきら》めかけていた時、俺を呼ぶビアの声がする。

「見つけたよ！　他のレビューの下敷《したじ》きになってたみたい」

「本当か！　よく見つけたな！」

紙を手に持つビアと合流し、一旦《いったん》人ごみの外に出る。

「今日貼られたレビューみたいだね。さっきのお客さんが言ってたやつで間違いないと思う」

「よかった。ちゃんと残ってたか」

レビュー用紙には今日の日付と『グルメの家』の文字がある。

「よし……それじゃあ、見てみるか」

人のいないスペースに移動した俺達は、レビュー用紙を覗《のぞ》き込《こ》む。

「キュキュ？」

文字が読めるかどうかは不明だが、ツキネも覗き込んでいる。

「えーと、どれどれ……」


区外の一角に、とんでもなく美味い店を見つけた。

王都にはたまにしか来ないが、見たことのない店だからたぶん新しい店だろう。

聞いたことのないメニューが並ぶ中、俺が注文したのは以下の三つ。
・ビーフシチュー
・シーザーサラダ

・パン

ビーフシチューが今回の料理で、まあこれがとんでもなく美味い。

どちらかと言えば味音痴《あじおんち》の俺でも、これはやばいってのがわかるレベルだ。

見た目はとろみのある茶色いスープって感じだが、とにかく味が最高すぎる。

それに、メイン以外の料理もあなどれない。

ビーフシチューが優勝なのは間違いないが、サラダもめちゃくちゃ美味かったし、セットで頼んだパンも過去一美味かった。

どれも見た目は普通っぽいのに、味が抜群に美味いんだ。

あいにく料理人は見えなかったが、相当な腕の持ち主だろう。

ああ、それとこれは余談だが――


「これがレビューか……」

なんというか、某グルメサイトの口コミを思い出す。

使われている語彙《ごい》自体は単純だが、思った以上にちゃんとした形式のレビューで、口コミ文化が普及しているのが伝わってきた。

レビューの後半はうちの店とは関係のない個人的なことが書かれていたが、最後は店内に白い子狐がいたこと、営業時間短縮の貼り紙がしてあったことが書かれていた。そして最後に、『また王都に来たら寄りたい』と締めくくられていた。

「地方を拠点にした冒険者かな？」

「そうっぽいな」

俺はそう言いながら、もう一度レビューを読み返す。

「なるほど……」

直接褒《ほ》めてもらうのとはまた違った嬉しさがあるが、とある部分が小骨のように引っかかっていた。

しかしビアは嬉しそうに声を上げる。

「また行きたいだってさ！　よかったね、メグル!!」

「ああ、そうだな……」

「ん？　どうかしたの？」

感情が声色に出ていたのだろう、ビアがそう言って首を傾げる。

「いや……レビュー自体は嬉しいんだけど、ちょっと気になる点があってな。あとで話すよ」

俺は用紙をレビュー板に戻すと、ビアを連れて出口へ向かう。

「見た目は普通っぽいのに、ねえ……」

ガヤガヤと賑わう空気の中、ぼそりと呟く俺。

そう、気になっているのはその部分だった。

大した問題ではないのだろうが、美的センスに欠陥のある自分には妙に響く言葉だ。

「何か手段があればいいんだけど……」

冒険者ギルドを出た俺達は、日が落ちて藍色《あいいろ》になった空の下で帰路に就く。

――頭の中ではずっと、新たに浮上した課題が渦を巻いていた。

第五話　装飾人

レビュー板の口コミで〝普通〟だと書かれていた、料理の見た目。

一つの課題として立《た》ち塞《ふさ》がったそれは、何も突然湧いて出たというわけではなく、以前から時折考えさせられていた問題だ。

俺のスキル【味覚創造】は、その名の通り味の調節に重点が置かれている。

食感・温度・見た目については、実体化時に思い浮かべたイメージによるため、繊細な微調整は難しい。

とはいえ、前世の経験から舌の感覚には自信があり、スキルの使用にも慣れたことから、食感や温度は概ね理想通りに再現できる。

唯一の難点は見た目の調整で、想像力をフルに使って調整したとしても、なかなか一定のラインを超えられなかった。

お客さんから「珍しい見た目」だとか「見たことがない」だとか言われる機会は多くても、料理の見た目、美しさについて褒められることは皆無なのだ。

「想像以上に美味しい」という声が多い事実からも、圧倒的に味∨見た目なのだとわかる。

そんなに見た目がひどいわけじゃないし、気にしすぎるのもどうかとは思うのだが、レビューを見たことでどうしても意識してしまった。

「ふぅ……いくぞ」

店のキッチンに立った俺は、全神経をデザインイメージに集中させて、シーザーサラダを実体化させる。

「うーん………やっぱダメか。いつもとほとんど変わらないし」

出来上がったシーザーサラダを間近で見て、「はぁ」と重たい息を吐く。

以前グラノールさんの店で出してもらったサラダのような、〝目でも楽しませる料理〟を意識したのだが、実際に生まれたサラダは中途半端に散らかっている。

具材の形状等は特に問題なく、致命的なのは配置や彩《いろど》り等のデザイン面だ。

「はぁ……センスの問題は簡単に改善できないしなぁ」

生まれ持った才能も関係しているため、根本的な解決は難しそうだ。

その後も何度か集中して挑戦してはみたのだが、思うような仕上がりにならないまま時間が過ぎる。

「うーん、なら……」

いっそのこと自分の手で盛り付けてみては、と考えて実際にやってみたが――かなりの時間をかけた割には、微妙すぎる出来栄えだった。

一品ごとのブレも大きいため、変に手を加えず【作成済みリスト】登録時のデザインで出したほうが安定する。

「メグルー、調子はどう？」

息抜きも兼ねてツキネにおやつをあげていると、眠そうな目をこすりながらビアがやってきた。

「正直、全然ダメだな。デザインセンスが壊滅的で話にならない」

余ったサラダをビアとシェアしつつ、先ほどまでの話をする。

「スキルで出した後に整えようともしたんだけど、思ったようにいかなくてな。ビアは盛り付けに自信ある？」

「ボク？　んー……ボクも盛り付けのセンスには自信ないかなぁ。それにボクがやると、接客できなくなっちゃうし」

「まあそうだよな……聞いてみただけだから気にしないでくれ」

俺はそう言って、おやつに夢中で齧りつくツキネを見る。

このメンツの中で一番センスがあるのはツキネだろう。

店の内装をデザインしてくれた時もイメージ通りに仕上げてくれたし、俺とは比べ物にならないデザインセンスだ。

けれど、だからといって盛り付けを頼むのは違うと思うし、何よりもツキネの負担になる。そもそも狐なのにどうやるのかという問題もあるし。

また、洗浄の魔道具を買って以降はホールに出ていることが多く、店のマスコットとして認知されている節《ふし》があった。急に姿が見えなくなると、寂しがる人達も出てきそうだ。

「ねえねえ。もし人を雇ってもいいんだったらさ、盛り付け担当の従業員を雇うのも手なんじゃない？」

ツキネを見ながら悩む俺に、ふとビアが言う。

「盛り付け担当の従業員？」

「うん。たしかそういうのを専門に働く人達もいたはずだよ」

「そうか、そういう手もあるのか……」

「メグルのスキルを口外しないよう、契約魔法を結ぶ必要はあるけどね」

「たしかにそれはそうだな。しかしなるほど……」

ビアが言うように、他の従業員を雇う選択肢は悪くない。人件費を考慮に入れても十分な資金があるのだ。

もちろん、スキルについての秘密厳守は徹底しなければいけないが、店が大きくなるのであれば、遅かれ早かれ従業員を増やす日は来る。

どうせ雇うことになるのであれば、早い段階で盛り付け担当を確保するのが吉だろう。

「その盛り付けを専門にしてる人達って、どういう経路で雇えばいいんだ？」

「ボクも詳しいわけじゃないからわからないけど、料理人ギルドに行けば教えてもらえるんじゃないかな」

「料理人ギルドか。この後の予定も特にないし、今から行っても大丈夫？」

「もちろん！　ちょっと上で準備してくるよ」

「了解。俺も片付けた後に着替えるよ」

厨房を出るビアを見送り、使用後の皿を洗浄機にかける。

「ツキネ、行こうか」

「キュキュッ！」

隅で丸まるツキネを抱き上げた俺は、着替えのため二階へと上がった。


料理人ギルドに到着したのは、それから約一時間後のこと。

顔見知りになったギルド嬢がいたので、彼女がいるカウンターへ向かう。

「すみません、ちょっと訊きたいんですけど――」

料理の盛り付けを生業《なりわい》にする人達について尋ねると、彼女は「ああ！」と手を叩く。

「それはたぶん、装飾人《そうしょくにん》のことですね」

「装飾人？　そう呼ばれているんですか？」

「ええ。盛り付けや飾り付けに特化した技術やスキルを持った人達を指す言葉です。広義の呼び名では――」

装飾人とはどんな人達なのか、詳しく説明してくれるギルド嬢。

一口に『装飾人』と言っても、装飾を担当する人を指す広義のものと、試験に合格すると貰える正式な資格を指す狭義のものがあるらしい。

装飾人を養成するための専門学校もあるということで、狭義の場合は職人の一種という認識が強いそうだ。

有名レストランでは一流の装飾人を雇うところも多く、そういった装飾人のほとんどは装飾系のスキルを持っているとのこと。そこらの単なる盛り付け担当とは隔絶《かくぜつ》したレベルにあるんだとか。

「なるほど、丁寧《ていねい》にありがとうございます。それともう一つ訊きたいのですが、どうすれば彼らを雇えるのでしょうか」

ギルド嬢から一通り説明を受けた後、装飾人を雇う方法についても尋ねてみる。

「装飾人の雇用ですね。それでしたら、あちらの専用掲示板をご覧ください。働き口を探す装飾人の情報が載っています」

隅にあるボードを指さしてギルド嬢が言う。

装飾人達の情報が記された掲示板――要はリクルートの場が用意されているらしい。

「もし気になる方がいましたら、貼り紙を持ってきてください。私達から彼らに連絡しますので」

「わかりました、ありがとうございます」

俺達はギルド嬢に礼を言い、ボードを見に行くことにする。

「こんなシステムがあるなんて知らなかったな……」

ずらりと並ぶ貼り紙を見ながら言うと、「ボクも知らなかったよ」とビアが苦笑する。

この世界の人間ではあるが、小国であるバッカス出身の彼女にとっても、このような雇用方法は珍しいものに映るらしい。

俺も前世の就職活動を思い出して、なんとなく不思議な感覚だ。

思えば、魔法掲示板やレビュー板もそうだったが、この世界では前世を想起させるものが意外と多い。

「結構細かく書かれてるんだな」

各貼り紙には装飾人の名前や性別等、基本的な情報に加えて、装飾系スキルの有無や得意な盛り付けのスタイル、学校の成績や受賞歴等が記載されている。

一枚の貼り紙だけでもかなりの情報が載っているので、読み込むのにまあまあ時間がかかる。

「うーん……どれを選べばいいのか、いまいちわからないな」

ひとまず十枚ほど目を通してみたが、良し悪しの判断が難しい。

装飾人に対しての具体的なイメージがなく、情報を整理しにくいためだ。

「……ん？　あの貼り紙はなんだ？」

わからないなりにチェックする中、一枚の妙な貼り紙が目に留まる。

「ほんとだ！　なんか周りから浮いてるね」

俺の視線を追ったビアも、やはり気になったようだ。

その貼り紙は他のものに比べてボロボロで、内容のほとんどがかすれている。

さらに紙の端っこには、ギルドが付けたと思われる黒い星マーク。

明らかに異彩を放つ貼り紙に興味を惹かれ、半ば無意識的に手を伸ばした。


「――あ、戻ってきたんですね。誰か気になる装飾人はいましたか？」

「はい、ちょっと気になる貼り紙を見つけまして。これなんですけど……」

カウンターに戻ってボロボロの紙を見せたところ、「あ……」とギルド嬢の表情が曇《くも》る。

「その紙を持ってきましたか……」

「もしかして、持ってきちゃダメなやつでしたか？」

見るからに怪しかったもんな、と思いながら尋ねると、「そういうわけではないのですが……」

とギルド嬢は苦笑する。

「その方はなんと言いますか……ちょっとした問題を抱える方でして――」

ギルド嬢はちらりと紙を見た後、神妙な面持ちで語りはじめた。

「その装飾人の名前はフルール。王都でも有数の養成学校を首席で卒業した、大変優秀な装飾人です」

ギルド嬢の静かな声に、俺達は耳を傾ける。

ボロボロの貼り紙が示す人物は、フルールという十代後半の装飾人。

たぐいまれなる装飾センスとスキル操作力を持つ天才で、次世代を担う装飾人として注目された時期もあるそうだ。

数カ月前、装飾人の養成学校を断トツの成績で卒業した彼女は、多くの一流レストランや料理人から声をかけられた。

中には魔法掲示板でトップ百に入る超一流の店からも勧誘が来たそうで、就職先はまさに選《よ》り取り見取り。

「――しかしフルールさんは、それら全てを断ってしまったんです」

「「え!?」」

声を上げて驚く俺達に、「もったいないですよね」とギルド嬢が笑う。

「彼女は声をかけたレストランの料理を実際に見て食べたということですが、どれもピンと来なかったそうで……天才なのは間違いないのですが、相当な変わり者と言われています」

「なるほど……だから今でも貼り紙が残っているんですね」

天才の中には、常人とは異なる感性の持ち主もいる。

納得しながら紙に目をやると、ギルド嬢も頷いてそちらを見た。

「それからこれまでの数カ月、声をかけに行く人達はちらほらいたのですが……」

結果はことごとく惨敗。

首を縦に振らない彼女の噂《うわさ》は雇用側にも広まっていき、声をかける人間は次第に減っていったそうだ。

今でも数日に一度の〝挑戦者〟がいるとのことだが、彼女の首を縦に振らせた者はいない。

「そういうわけで、声をかけるのは自由なのですが、ウチとしてもあまりおすすめできないと言いますか……中にはこっぴどくフラれて、ショックを受ける料理人もいますので」

「それはなんというか……怖いですね」

変わり者の天才装飾人。

どんな人物なのか興味はあるが、声をかけるには勇気が要《い》りそうだ。

「教えていただきありがとうございます」

とりあえずボードを見に戻るべきか。

そう考えて引き返そうとした時、ビアが「いいの？」と訊いてくる。

「なんだか面白そうな人だし、会ってみてもいいんじゃないかと思うけど」

「んー、たしかに興味はあるんだけど、さっきの話を聞いたらなぁ」

こっぴどくフラれた人達のことを考えると、どうしても怖いと思ってしまう。

「そう？　ボクは大丈夫だと思うけどなぁ。なんたって、メグルの料理は絶品なんだから！」

自信持っていいよ！　と親指を立てるビア。

「ありがとう。どうしようかなぁ……」

ビアの言葉は嬉しいが、なにせ相手は変わり者だ。

料理の味だけを見ているのではなく、他の要素もチェックしている恐れがある。

せっかくの機会だし、玉砕《ぎょくさい》覚悟で会いに行くべきか……？

変わり者という点は不安だが、首席卒業の腕前はぜひ店に欲しいところ。

立ち止まったまましばらく思案していると、「あのぉ……」とギルド嬢が声をかけてくる。

「彼女が気になるようでしたら、居場所だけでもお教えしましょうか？　会いに行くかどうかは後で決めても構いませんので」

「本当ですか？　そういうことなら……」

ギルド嬢の提案に乗り、居場所のメモ用紙を貰う。

礼を言って背を向けた俺達は、ひとまずギルドを出ることにした。


「そうだな……行ってみるか」

ギルドを出てから数分後。

散策しながらビアと話し合い、例の装飾人に会いに行こうという結論になった。

ビアの言葉が自信をくれたのもあるが、後になって『行けばよかった』と思うのも嫌だ。

やらない後悔よりやる後悔、当たって砕けろの精神である。

それに、先ほど貰ったメモによると、彼女がいるという装飾人学校はギルドから徒歩で十五分程度。

そのままの足で訪問可能で、この後の予定が特にないことも大きかった。

メモに書かれていた通り、十分と少し歩いたところで装飾人学校に到着する。

「ここが装飾人学校か。思った以上に大きいな……」

立派に飾られた門の前でぼそりと呟く俺。

日本で言う専門学校くらいのイメージで来たが、一見したところ想像の倍はある。

門の向こうにはキャンパスらしき中世風の建物が聳《そび》えていて、黒のローブを着た学生達が行き交っている。

「たしか、料理人を養成する学校もあるんだよな?」

「そうだね。装飾人学校はボクも知らなかったけど、料理人の学校はたくさんあるし有名だよ」

ビア曰く、少なくとも十以上の学校があるとのこと。

小さな学校も含めるならば、数十はあるだろうと言う。

「へえ、そんなにたくさんあるのか」

あまり意識はしていなかったが、さすが美食の都である。

装飾人の学校でこれだけの規模なので、料理学校はきっとさらに大きいのだろう。

そんな想像を巡らせながら、談笑している学生達の間を抜けていく。

「――すみません、フルールさんという人がいると聞いて来たのですが」

キャンパスに入り、受付らしき場所に着いた俺達は、ギルドで貰ったメモを提示して尋ねる。

「ああ……雇用希望の方ですね」

俺達のような人間が何度も来ているからだろう、慣れた様子で答える受付の女性。

「案内の者を出すので、少し待っていてください」

彼女はそう言って裏へと消えていき、一分ほどで若い女性と戻ってきた。

「では、私が案内しますね」

優しい笑みを浮かべた女性の後に続いて、フルールさんがいるという部屋に向かう。

「そういえば、どうして彼女は学校に？　学校は既に卒業したと聞いたのですが」

フルールさんの部屋までの道すがら、気になっていたことを訊いてみる。

「ああ。たしかにフルールさんは卒業済みですが、しばらくはここに残ってもらうことになりました」

彼女の話はある程度聞いているでしょう？　と言う案内の女性。

天賦《てんぷ》の才を持つフルールさんには学校も期待していたらしく、その才能を腐らせるのはもったいないと考えたようだ。

装飾の練習を名目に学校の一室を貸し出し、時折学生に装飾技術を披露《ひろう》してもらっているらしい。

「フルールさんに憧《あこが》れる学生は多いので評判もいいんですよ」

「なるほど。そういうことだったんですね」

「ええ、ただ……このままの状態をずっと続けるわけにもいかないでしょう。フルールさんも決して働きたくないわけではないんです」

女性は少し悲しそうな目で溜め息をつく。

フルールさんにも働こうという意思はある。ただちょっとだけ、独特の感性を持ってしまっただけなのだ、と。

「――到着しました。彼女の部屋です」

受付から歩くこと数分、三階の突き当たりにある部屋の前で女性が立ち止まる。

ドアノブに手をかけた彼女は「頑張ってくださいね」と笑ってドアをノックした。

キィイイ――

鈍い音を立てて開いたドアの向こうに、椅子《いす》に座って丸まった背中と、部屋中に散乱したアート作品の数々が見える。

美しい造形の彫刻品《ちょうこくひん》から前衛的な絵画まで、とにかく様々な品を視界に捉えた俺は、彼女の手強《てごわ》さを直感した。

「フルールさん。数日ぶりのお客さんです」

「ん、新しい挑戦者？」

背を向けたまま答えた彼女が、ぴょこんとハネた水色の髪を揺らしながら振り返る。

「…………」

この人が――

泰然《たいぜん》とした彼女の姿に、俺はゴクリと唾を呑む。

見定めるように細められたその双眸《そうぼう》が、はっきりと俺の目を捉えた。

第六話　ｖｓフルール

案内係の女性が去り、部屋にいるのは俺達とフルールさんだけとなった。

「…………」

沈黙が流れる中、眠たげに開かれた目でこちらを見ているフルールさん。

口数が少ないタイプなのか、俺が喋らない限りこの状態が続きそうだ。

「えっと……フルールさん？　装飾人としてウチの店で働いてもらえたらなぁと思って、来させてもらったんですけど……」

「ん。フルールでいいし、タメ口でいい」

フルールさん改めフルールはそれだけ言うと黙り込み、俺の肩で毛づくろい中のツキネを凝視《ぎょうし》する。

「……キュウ？」

彼女の視線に気付いたのか、毛づくろいを止《や》めて首を傾げるツキネ。

「可愛い……その子は何？」

「ああ……こいつは俺の仲間でツキネって言います……言うんだ。森で出会って以来、ずっと一緒に行動してる」

そう答えると、ツキネが「キュウ！」と鳴いて前脚《まえあし》を上げる。

それを見たフルールはわずかな笑みを浮かべ、ゆっくりと口を開く。

「その子……ツキネもあなたの店にいるの？」

「そうだな。最近はレストランのホールにいることが多いよ。ウチで働けば毎日会うことになると思う」

「そう、毎日……」

俺の言葉を聞いて、再びフルールの顔に微笑が浮かぶ。

これはもしかして、いけるのでは？　――そう思いながら笑顔で頷くと、彼女は「でも」と首を横に振った。

「たしかにツキネは魅力的だけど、私が働くかどうかはあなたの料理次第」

「はは、ですよねぇ……」

ツキネの可愛さでノックアウト、という展開にはならないようだ。

ただ、ツキネのことはお気に召した様子なので、ファーストコンタクトはまずまずの結果といえるだろう。

「ん。それで、あなたの料理見せてもらえる？」

「了解。どんな料理がいいとか希望があれば聞きたいんだけど……」

「ん、インスピレーションが湧く料理」

「えっと……それは装飾のインスピレーションってこと？」

「ん」

「なるほど……インスピレーションね」

かなり漠然とした希望だが、どんな料理がいいだろうか？

「その、答えられる範囲内でいいんだけど……これまで声をかけてきた人達の料理は、どうしてダメだったんだ？」

「ん、それは……皆つまらなかったから」

答えてくれないなら仕方ないと思っていたが、ツキネのおかげで空気が和《やわ》らいだこともあってか、フルールはすんなり答えてくれる。

ただ、つまらないとは一体どういう意味だろう？　もう少し詳しく聞いてみたい。

「なるほど、それじゃあ――」

フルールは口数が少なく、一度で得られる情報が少ないため、何度か質問を重ねることで、彼女の基準を探っていく。

「なるほど……なんとなく見えてきたかも」

おそらくフルールが求めているのは、装飾意欲を掻き立てられるような、オリジナリティに富んだ一品だ。

ありきたりな定番のメニューではなく、見た瞬間にあっと言わせるような斬新《ざんしん》な料理を欲している。

声をかけてきた料理人の中にはお洒落《しゃれ》な料理を出す人もいたが、オリジナリティという一点において彼女の心を動かせなかった。

そしてもう一つ、これも絶対に外せない条件が〝料理の美味しさ〟。

仮に斬新な見た目の料理を作っても、それに見合うだけの味が伴わなければ意味がない。

フルールの気を引こうと、突拍子《とっぴょうし》もない創作料理を作る人もいたそうだが、それらは全て突拍子もないだけだった。

単に斬新なだけではダメ。

かといって美味しいだけでもダメ。

しかも話を聞く限り、彼女が求める美味しさの基準は相当に高い。

天才を満足させる斬新さとハイレベルな味を同時に満たす必要があるので、数々の料理人達が撃沈させられたのも納得だ。

「オーケー、大体わかったよ。ご期待に添えるかはわからないけど、俺なりのベストを尽くそう」

「ん、期待してる」

フルールは無表情で親指を立てて言う。

「それで、俺はどこで料理すればいい？」

「部屋を出てすぐそこに簡易キッチンがある。これがキッチンの鍵《かぎ》」

ドアのほうを視線で示し、鍵を渡してくるフルール。

「最低限の食材は置いてると思うけど、大丈夫？」

「ああ、それなら心配ないよ。魔法袋を持ってきたから」

そう言ってビアに目配せすると、意図を察した彼女が魔法袋を取り出してみせる。

雇用が決まるまでスキル内容は伏せたいので、食材や道具は持参していると誤魔化《ごまか》した。

「それじゃあ、さっそく作ってくるよ。しばらくかかると思うから、ゆっくりしていてくれ」

「ん……その前に、ちょっといい？」

部屋を出ようした俺達をフルールが引き留める。

「どうした？」

「二人の名前。聞いてない」

「ああ、ごめんごめん……！　そういえば名乗ってなかったか。俺はメグル。そしてこっちが——」

「ビアだよ！　よろしくね！」

「ん、よろしく。メグル、ビア」

フルールと握手を交わした俺達は、ドアを開けて廊下に出る。

「どんな人かと思ってたけど、普通に良い人だったね」

「そうだな。気難しかったらどうしようって心配してたけど、別にそんなこともなかったし」

鍵を使ってキッチンに入った俺達は、フルールの印象について言葉を交わす。

「ツキネを気に入ってたみたいだし、その影響も大きいかもな」

「キュキュ♪」

感謝の意を込めて撫でると、気持ちよさそうに目を細めるツキネ。

「いろいろ質問してたけど、作る料理は決まったの？　メグルの料理は全部斬新だから、どれにするのか気になるなぁ」

「いや、まだ決まってはないかな」

相手が相手なので、選定は慎重に行いたい。

ただ、ビアが言ったように、この世界において俺の料理は斬新だ。

重要な基準であるオリジナリティという点では、かなりのアドバンテージがある。

「そっか。店のメニューから選ぶの？」

「うーん、それでもいいんだけど、とりあえずは何か新しい料理にするつもり」

料理ができるまでしばらくかかるとフルールに伝えているし、その間に新メニューを考えるのもありだろう。

既存メニューはワンタップで生成可能なので、何も思いつかなかった時の保険として取っておけばいい。

「さて、それじゃあ考えますか……」

部屋の壁に体重を預けた俺は、さっそくフルールのお眼鏡に適う料理を考えるのだった。


キッチンに入ってから数十分後。

「熱っ……落とさないように気を付けないと」

熟考の末に作り上げた料理の器を持った俺は、フルールがいる部屋へ向かう。

「入るぞー」

俺はそう言うと、ビアに扉を開けてもらって入室した。

「——ごめん、思ったより遅くなった」

「ん、待ってた。こっち」

よく見ると部屋が片付いており、少しだけ綺麗になった机を示すフルール。

良い感じの空きスペースができているため、そこに料理を置けということだろう。

中身を零さないよう気を付けながら、熱々の器を机に置く。

「今回は二品作ることにしてな。これは一品目で、もう一つはキッチンで冷やしてある」

「ん。わかった……これは？」

フルールは頷いて、器の中を覗き込む。

「それはラーメンという料理だよ」

「……ラーメン？　聞いたことない」

フルールは首を傾げて言うと、器の中身を観察しはじめる。

興味深そうにしている様子から、見た目の及第点は超えたようだ。

そう、悩んだ結果作ることにしたのは『ラーメン』。

俺が食べ歩きにハマるきっかけとなった料理であり、日本が世界に誇る料理の一つ。

店のメニューとしては出していないが、魔力が増えてからは何度か試作したことがあり、味の調整が比較的楽だったことが、この料理を選んだ大きな理由だ。

また、盛り付けの点でもセンスが問われる料理であり、フルールに向いていると思った。

一見するとシンプルな構成だが、各種トッピングの配置や麺の見せ方等、ほんの少し手を加えるだけでもガラリと印象が変化する。

前世でインスタントラーメンを食べる際、名店のラーメンを真似てトッピングをしていたが、似ても似つかぬ出来となったのは良い思い出だ。

スープに麺を入れるスタイルはこの世界に来て見たことがなく、ビアも食べたことがないらしいので、オリジナリティも十分にある。

「どうだ？　良い感じに装飾できそうか？」

「ん。とても面白い料理。シンプルだけどそれがいい」

「気に入ってもらえて何よりだよ」

フルールの言葉に安堵する俺。残る問題はラーメンの味だけだ。

醤油《しょうゆ》、塩、味噌、豚骨……その他様々な派生系があるラーメンだが、今回選んだのはシンプルな醤油ラーメン。

味覚名：醤油ラーメン
要素1【清湯《ちんたん》スープ】↓タップで調整
要素2【麺】↓タップで調整
要素3【チャーシュー】↓タップで調整
要素4【レアチャーシュー】↓タップで調整
要素5【メンマ】↓タップで調整
要素6【味玉】↓タップで調整

要素7【青ネギ】↓タップで調整
要素8【白髪《しらが》ネギ】↓タップで調整
要素9【海苔《のり》】↓タップで調整
要素10【ナルト】↓タップで調整
消費魔力：990
↓タップで【味覚チェック】
↓タップで【味覚の実体化】

美しく透き通った清湯《ちんたん》スープに、少し細めの低加水麺を合わせている。

スープには【鶏の旨味】や【醤油のコク】の要素を加え、麺は上品な小麦の風味が活きるよう調整。

また、トッピングとして二種のチャーシューとメンマ、味玉等計八つの要素を追加し、彩りと味のバランスを意識した。

器については適当な物がなかったため、ツキネに頼んで作ってもらった白いドンブリを使用している。

「時間が経つと麺が伸びるから、なるべく早めに食べたほうがいいぞ」

装飾を始めるつもりなのか、器の上に右手をかざしたフルールに俺は言う。

「ん、大丈夫。装飾人にはスピードも大事」

親指を立てたフルールは、十秒ほどラーメンを見つめ、右手の上に左手を重ねた。ついに彼女の〝装飾作業〟が始まるらしい。

フルールは装飾系のスキルを有するとのことだが、直接触れずに装飾を行えるようだ。

他人がスキルを使うところを見たことがない俺は、どのように装飾されるのかと興味津々で注目する。

「――【デザイン】」

フルールがスキル名らしきものを唱えた瞬間、器全体を白光が包み込む。

「……おお!!」

それからわずか一、二秒後。

淡く消えゆく光の中から現れたのは、生まれ変わった醤油ラーメンだった。

「すごいな……」

「綺麗だね……」

その圧倒的な変貌《へんぼう》ぶりに、俺とビアの声が漏れる。

「キュキュ！」

肩の上で見守っていたツキネも、その変化に感心した様子だ。

「元のラーメンとはもはや別物だな……」

素人《おれ》がデザインした、可もなく不可もない見た目のラーメンは今や見る影もなく、繊細な美しさが器を彩っている。


輝きと純度が跳ね上がった醤油スープ。

完璧に整列させられた低加水麺。

対比が素晴らしい二種のチャーシュー。

見惚《みと》れるような照りを見せるメンマ。

今にも溶け出しそうな半熟の煮卵。

これ以上ないポジションに散らされた青ネギと白髪ネギ。

絶妙な角度で配置された海苔。

それら全てをキュっと引き締めてくれるナルト。


どれ一つとして不要な要素は存在せず、全てが一つの芸術に集約される様《さま》は、前世で数々の創作料理を見た俺でも思わず息を呑むほどだ。

「ん、満足のいく出来になった」

フルールの中でも手応えがあったようで、わずかにその口角が上がっている。

「残る問題は、美味しいかどうか」

器の横に置かれたフォークを手に取り、ラーメンを見つめるフルール。

器用に麺を巻き取った彼女は、ゆっくりとそれを口に運んだ。

「…………美味しい」

噛《か》みしめるようにそう言って、続けざまにもう一口食べる。

どうやら、味の面もクリアできたようだ。

控えめなリアクションではあるが、キラキラと輝く瞳が心情を雄弁に語っていた。

「……そうだ、あくまでも俺の意見だけど、こうズズっと麺を啜《すす》るとより美味いぞ」

パスタのような食べ方をするフルールに声をかける。

地球だと麺を啜るのがマナー違反となる国が多かったが、ビア曰く大丈夫だろうとのことなので、アドバイスしてみることにした。

「啜るって……こう？」

「そうそう、上手いな」

慣れないうちは上手く啜れない人も多いが、フルールは難なく啜ってみせる。

「ん。風味が伝わってきて美味しい」

麺を啜るのが気に入ったようで、どんどん食べ進めるフルール。

「具材も全部変わってて美味しい。こんな料理初めて食べた」

そう言って以降は無言になり、ツキネ作のレンゲでスープもしっかり飲んでいく。

夢中で食べるフルールを見ていると、こちらまでラーメンを食べたくなってきた。

個人的な感覚かもしれないが、ラーメンを啜る姿には魅惑的な魔力があるものだ。

隣に立っているビアも、涎《よだれ》を垂らさんばかりの顔で見つめている。

「……美味しかった」

ほぉ、と幸せそうな息を吐き、しみじみと呟くフルール。

コトリ、と置かれたどんぶりの音が、静かな室内にこだました。

「よかった。満足してもらえたみたいだな」

「ん、素晴らしい料理だった。斬新でなおかつ美味しい」

「お、それじゃあ――」

働くための条件を満たしたことに触れようとすると、フルールは「ん」と首を横に振る。

「メグルは二品あるって言ってた。そっちも装飾して食べてみたい」

「労働の確約はお預けか」

「ん。今はまだ保留しとく」

「はは、わかったよ」

冗談めかして微笑する彼女に、俺も笑みを浮かべて返す。

「すぐに二品目を持ってくるよ」

「ん、楽しみにしてる」

ドアの前までついてきたフルールに手を振り、俺達はキッチンへ戻るのだった。


「——さて、延長戦といくか」

その一、二分後。

キッチンを出た俺達は、再びフルールの部屋の前に立つ。

「これは絶対フルールも気に入るはずだよ！」

俺が手にした二品目を見ながら、自信満々にビアが言う。

「だといいな」

俺はそう答えると、空いたほうの手でドアをノックしてノブを回した。

部屋に入った直後、こちら向きで待機していたフルールが、俺の手元を見て目を見開く。

「……っ!! メグル、それは？」

俺達の狙《ねら》い通り、二品目に食い付いてくれたみたいだ。

「これはパフェっていうデザートだよ。いろんな要素が詰まってるから、装飾のしがいがあるだろ？」

俺がそう言って笑うと、激しく首肯《しゅこう》するフルール。机の上にパフェを置くや否や、間近で観察を始めた。

ラーメンに比べて自由度が高いからか、観察の仕方が念入りだ。様々な角度からパフェを見ては顎に手をやり、ぶつぶつと何かを口にしている。

「気に入ったみたいだね」

「だな」

小声で言い合いながら、フルールを見守る俺達。

デザインを考えるのが楽しいのか、その目がキラキラと輝いている。

ちなみに今回俺が用意した二品のうち、先に思いついたのはパフェのほうだ。飾り甲斐《がい》のある美しい料理を考えた時、真っ先に脳裏をよぎった。

実際のところ、ラーメンを作ったのはパフェ完成後の余り時間なので、メイン料理はパフェとなる。

本人にも伝えたが、盛り付けの多様性という点において、パフェは装飾にぴったりなデザートだろう。

前世ではファミレスから高級レストラン、有名なケーキ屋からパフェ専門店まで、とにかく様々な店のパフェを見たが、その盛り付けはバラエティに富んでいた。

グラスの中で美しい模様を描くもの、飴細工《あめざいく》のようなチョコを冠《かん》したもの、カラフルなフルーツで溢《あふ》れたものといったように、とにかくデザインの自由度が高い。

フルールに出すパフェの種類には迷ったが、今回選んだのはストロベリーパフェ。

味覚名：ストロベリーパフェ
要素1【いちごジェラート】↓タップで調整
要素2【ミルクジェラート】↓タップで調整
要素3【苺《いちご》】↓タップで調整
要素4【マーブルチョコ】↓タップで調整
要素5【バタークッキー】↓タップで調整

・・・

消費魔力：2170
↓タップで【味覚チェック】
↓タップで【味覚の実体化】

トップにいちごジェラートとミルクジェラート、大粒の苺をトッピングしており、彩りのためにストロベリー&ホワイトのマーブルチョコ、さらにはバタークッキーも飾っている。

そしてその下層には生クリーム、カット苺、ストロベリーコンポート、ミルクパンナコッタ、ストロベリーソース、アクセントの柑橘《かんきつ》ソース等、様々な構成要素が続いた。

本格的なグラスパフェを参考にした一品は、粗削りながらも圧倒的な存在感を放っている。

「……ん、決まった」

約数十秒にわたり観察していたフルールは、そう言って頷くとパフェに手をかざす。

「――【デザイン】」

ラーメンの時と同じく、グラスを覆う白い光。

やがて発光が収まると、生まれ変わったストロベリーパフェが姿を現した。

「おおっ！！！！」

「すごい！　お城みたいだね!!」

「キュウ！　キュキュウ!!」

その素晴らしい出来栄えに、感嘆の声を上げる俺達。

ビアが表現した通り、そのパフェはまさしく〝城〟だった。

絶妙なバランスで積まれた苺が悠然《ゆうぜん》と聳《そび》え立ち、その周りをジェラートやチョコレートが美しく飾りたてている。

「ここまで変わるとは……」

俺にしては上手く飾れたつもりのパフェだったが、こうして見るとまるで違う。

ラーメンよりも構成要素が多い分、デザインの誤魔化《ごまか》しが利いただけで、良い感じにできたと錯覚していただけらしい。

むしろ要素が多くなった分、ラーメン以上にセンスの差が浮《う》き彫《ぼ》りになっている。

また、配置の妙はもちろんのこと、それぞれの具材も大幅に洗練されていた。

大粒の苺はルビーのように艶《つや》めいているし、生クリームもふんわりと軽やかに見える。

各層の色味も少しずつ調整されていて、はじめよりも数倍華やかで芸術的だ。

この世界にはないけどSNS映《ば》え間違いなし、超人気店のパフェ顔負けの、〝宝石でできた城〟のパフェ。

これをあんなわずかな時間でデザインしたことに、フルールという装飾人の天才ぶりが表れている。

「すごいなフルール、恐れ入ったよ」

「ん。これまでの中でも五本の指に入る自信作」

無表情のままピースサインを作るフルール。

「あとは味を確かめるだけ」

パフェ用のスプーンを手に取った彼女は、わずかに口角を上げて言うのだった。


「――パフェ、すごく美味しかった」

空になったグラスを見つめて、フルールが満足そうに言う。

「デザインするのも楽しいし、味も画期的。ラーメンもいいけど、パフェは私にとって最高の料理」

よほどパフェが気に入ったのか、無表情のまま頬を上気させるフルール。

「気に入ってもらえて嬉しいよ。それで、俺の店で働いてくれる気になったか？」

「ん。メグルの店で働く。ラーメンの時から決めてた」

「はは、ありがとう。そしたら、一つ確認しとかなきゃいけないいんだけど――」

働くと言ってくれたことは嬉しいが、手放しで喜ぶ前に伝えることがある。

それは俺のスキル【味覚創造】の秘密厳守についての話だ。

装飾人として同じ厨房で働く以上、スキル内容を知られることは避けて通れない。ビアに秘密を話した時のように、契約魔法を結んでもらう必要がある。

そのことについて問題がないか尋ねると、「問題ない」とフルールは言った。

「メグルの料理を知って、働かない選択肢なんてない。そもそも装飾人は、契約魔法を結ぶのが一般的」

「そうなのか？」

「ん。スキルを秘匿《ひとく》する料理人は多い」

「なるほど」

考えてみればたしかにそうだ。

「ん。契約の種類はどれがいい？」

「んー、そうだな……」

俺は少し考えて、ビアと結んだものと同種の契約魔法を提案する。約束を違《たが》えると全身に激痛が走る、通常の中でも強めの契約だ。

個人的には弱めの契約でもいいのだが、ビアの契約と平等にしておきたい。

「ん。それで大丈夫」

「わかった。契約の前にもう一つ訊いておきたいんだけど……店ではお客さんが注文した料理を出すことになるから、装飾する料理は選べない。スープとかパンとか、どちらかといえば地味な装飾も頼むことになるけど、その点については問題ないか？」

そう尋ねたところ、「ん」とフルールは頷く。

「私もプロの装飾人。プロとして働く以上、自分の役目はちゃんとこなす。それにきっと、メグルの店は退屈しない。私の勘がそう言ってる」

「了解。そしたら――」

契約が決まった旨を報告するため、皆で部屋の外に出る。

一階の受付に行く予定だったが、フルールの部屋まで案内してくれた女性にたまたま階段で会ったので、彼女に報告することにした。

「――え!?　それは本当ですか!?」

俺達の報告を聞き、驚きの表情を浮かべる女性。

「フルールさん……本当に契約を結ぶんですか？」

「ん。メグルの店で働く」

「そうですか、本当に……」

信じられないという顔の女性だったが、しばらく経つと落ち着いたようで、「おめでとうございます」とにこやかに笑う。

「契約魔法を結ぶんですよね？　魔法紙はこちらで用意しますよ」

「いいんですか？　ありがとうございます」

俺達は女性に連れられ、魔法紙が置いてある部屋に向かう。

その際の会話で知ったことだが、女性はこの学校の教師で、フルールがいたクラスの担任をしていたとのことだ。

事務員か何かと思っていたが、偶然居合わせて案内を申し出たらしい。

「フルールさんをよろしくお願いします」

魔法紙を渡してくれた彼女は、そう言って頭を下げる。

「いえいえ、そんな……とんでもないです！　こちらこそ、責任を持って雇いますので」

「ふふ、よかったですね。フルールさん」

「ん。運命の出会い」

その後、店名と住所を伝えて彼女と別れた俺達は、契約を結ぶためフルールの部屋へ戻る。

「――それじゃあ、いくぞ」

「ん」

魔法紙に書かれた契約内容を読み上げ、最終確認を行った後、互いの手を紙に重ねて魔力を込める。

こうして無事に、二人目の従業員が誕生した。

第七話　フルールの加入と歓迎会

フルールと契約魔法を結んだ二日後のこと。

学校関連の手続きを終えた彼女が、正式に働きはじめた。

「すごい……！　本当に一瞬で料理ができた」

スキルで出したシーザーサラダに、目を輝かせるフルール。

スキル内容は既に伝えているが、実際に見るとやはり衝撃的なようだ。

ちなみにスキル内容を教える際、俺の素性――異世界からやってきたということや、ツキネの正体も教えてある。

料理の着想をどこから得ているか疑問に思うだろうし、ツキネの力を隠し通すのも難しいからだ。

「よし、それじゃあ装飾を頼む」

「ん。任せて」

そう言いながら頷いたフルールは、サラダをつぶさに観察する。

彼女にとってはこれが『グルメの家』での初仕事。真剣な眼差しでデザインを考えていることが窺える。

果たして彼女は、どのようにデザインするのだろうか？

シーザーサラダは盛り付け練習で何度も使ったメニューだが、俺には最後までどうすることもできなかった。

そんな苦い思い出があるからこそ、フルールがどのように装飾するのか興味がある。

「……ん。決まった」

「もう決まったのか？」

十秒足らずでデザインを決めたらしいフルールが、皿の上に手をかざす。

「――【デザイン】」

スキル名を唱えた直後、白い光が器を包み、生まれ変わったシーザーサラダが姿を見せた。

「おお……!!」

数秒で考えたとは思えないその完成度に、俺は感嘆の拍手を送る。

花弁状に並んだレタスと、その中心に置かれた温玉。

ベーコンとクルトンの配置も絶妙で、ドレッシングと粉チーズのかかり方も完璧である。

まさに非の打ち所がないデザインで、手作業では難しい細部の美まで表現されている。

「……俺には絶対に無理だな」

フルールに声をかけて正解だったとしみじみ思う。初仕事の一皿目から、実力を遺憾《いかん》なく発揮してくれた。

その後もスープ、メイン、デザートと立て続けに装飾をお願いするが、どの料理も格段に美しく、芸術的な仕上がりとなっていく。

「かなりのペースで装飾してるけど、魔力は大丈夫そうか？」

「ん、全然問題ない。これくらいなら無限にできる」

「はは、それは何より」

ハイクオリティな装飾を連発するフルールを心配して尋ねたが、涼《すず》し気に親指を立てる彼女に安心する。

きっと彼女は、スキルの扱いが飛びぬけて上手いのだろう。

装飾スキル【デザイン】は、使用者のセンスと技術に大きく左右される。

本人からもそう聞いているし、雇用決定の報告をしに立ち寄ったギルドでも尋ねたので間違いない。

ギルド嬢曰く、センスと技術に左右される分、魔力消費量も大きなバラつきがあるとのこと。

センスがあれば複雑なデザインを作れるが、デザインが複雑になるほど魔力消費量も跳ね上がるわけだ。

膨大な魔力消費を抑えるためには、高度な魔力操作の技術が要求される。

フルールの魔力量は「常人より少し多いくらい」とのことなので、繊細なデザインを連発できるのは、技術力があるからに他ならない。

フルールのデザインセンスはまさに天才のそれだが、スキルを扱う技術面でも彼女は天才なのだろう。

そう思いながら次の料理を作っていると、ビアが厨房に入ってきた。

「ちょうどコーンさんが来てるんだけど、見た目の変化に驚いてたよ」

「お、コーンさんが来てるのか」

この店のお客さん第一号であり、毎日のように来てくれている常連だ。

注文のキリがよくなったところで、軽く顔を出すことにする。

「こんにちは、毎度ありがとうございます」

「いやいや、こちらこそ。いつも美味しい料理をありがとう」

食後の紅茶を一口飲んだコーンさんは、「それにしても」と明るい声音で言う。

「料理の見た目がガラッと変わってて驚いたよ。先週までは違ったよね？」

「ええ、ちょうど今日から装飾担当を雇いまして」

俺はそう言いながら、厨房のほうを視線で示す。

本当はフルールも紹介しようかと思ったのだが、人前に出るのは好きじゃないようなので、彼女にはキッチンで待機してもらっている。

「そっか、だと思ったよ！　いやぁ、よっぽど腕のいい人を雇ったんだね。あんなに美しい料理は滅多にお目にかかれないよ！」

興奮気味に言うコーンさん。

「また一つ来店の楽しみが増えたよ」

「よかったです。彼女にも好評だったと伝えておきますね」

嬉しそうに言う彼にそう返して、俺はテーブルを離れる。

他の常連客にも軽く挨拶し、フルールの待つ厨房へ戻るのだった。


「――フルール、お疲れ様。おかげで料理のレベルがぐっと上がったよ」

「ん。私も楽しかった。メグルの料理は見たことのないものばかり」

本日最後のお客さんを見送った後、俺はフルールに労《ねぎら》いの言葉をかける。

初仕事とは思えない働きぶりのおかげで、お客さんからの評判も非常によかった。

俺も数人の常連客からは直接話を聞いていたが、ビアによるとほとんどのお客さんがデザインを褒めていたとのこと。

フルール自身も楽しんでくれたようなので、加入初日の営業は大成功と言えるだろう。

「体力面も心配なさそうだな」

「ん、元気」

無表情でピースを決めるフルール。

必要ならばツキネの魔力回復を提案するつもりだったが、結局その機会は訪れず、最後まで通しで装飾を続けてくれた。

表情にはまだまだ余裕がありそうなので、営業の短縮を解除した後でも支障なく働いてくれそうだ。

「さて、キッチンを片付けるか」

ビアとフルールにも手伝ってもらい、キッチンの片付けをしていると、ツキネが足元に来て俺を見上げる。

「キュウ！　キュキュ!!」

「ん？　人が来てるのか」

どうやら誰かが店の前に立っているようだ。

「たぶんフレジェさんかな」

たしか今日の夕方あたり、砂糖の受け取りに来るという話だったはず。

そう思って厨房を出ると、案の定フレジェさんの姿があった。

「こんにちは。砂糖を受け取りに来たのですが……少し早かったですか？」

「大丈夫ですよ。用意していますので」

俺は彼女を店内へ招き入れ、キッチンの棚に用意しておいた砂糖数袋分を持っていく。

「こちらです」

「ありがとうございます」

フレジェさんはさっと中身を覗いた後、「たしかに受け取りました」と、契約通りの代金を支払ってくれる。

フルールを雇ったことで人件費は増えているが、それを補って余りあるだけの金額だ。

「では、また今度伺《うかが》います」

「あ、もし時間があればなんですけど」

砂糖をしまって帰ろうとしたフレジェさんを呼び止める。

「ウチの新作デザートを食べていきませんか？」

「新作デザートですか？」

「ええ、せっかくですから。お時間はありますか？」

彼女には以前ジェラートを試食してもらっているし、どうせなら先日新たに作ったパフェを出そうと思ったのだ。

時間ならあるとのことだったので、奥の席に座ってもらい、俺は急いで厨房へ。

ストロベリーパフェを生成し、フルールに装飾してもらう。

「――こ、これは⁉」

テーブルに置かれたパフェを見た瞬間、フレジェさんが目を見開いて身を乗り出す。

「パフェというデザートです。いろいろな味がありますが、今回はストロベリーという果物のパフェにしてみました。上に載せたジェラートが溶ける前にお召し上がりください」

俺がそう言うと、激しく頷いてさっそく食べはじめるフレジェさん。

ずいぶんとお気に召したようで、これまでで一番の反応を見せてくれる。

目にも留まらぬ速度でスプーンを動かし、幸せな表情を浮かべるフレジェさんに、俺もつられて笑みが浮かんだ。

最後まで手を止めることなくグラスを空にしたフレジェさんは、上品な所作でスプーンを置く。

「まさに天上のスイーツでした。これほどまでに美しく、楽しませてくれるデザートは他にありません」

「ありがとうございます。実は今日から装飾人を雇いまして、彼女にデザインしてもらったんです」

「……やはりそうでしたか。ただ、あれほど美麗な装飾ができる方となると、そう簡単には雇えないと思うのですが」

「ええ、まあ……」

フレジェさんに少し待ってもらい、厨房のフルールを呼びに行く。

挨拶しても大丈夫と言ってくれたので、この機会にフルールを紹介しておくことにした。

「装飾人として働くことになったフルールです」

「ん、フルール。よろしく」

「よろしくお願いします。どこかで聞き覚えのある名前のような気がしますが……」

しばらく考え込んだフレジェさんは、フルールの正体に思い当たったらしい。

「ああ」と手を叩いた後、「噂の天才装飾人ですね」と言った。

「ウチの店でも一時期、噂になっていたんです。上位のレストランがことごとくフラれたと聞きましたが……さすがはメグルさんですね。店としての立場からすると、正直少し羨《うらや》ましいです」

「はは、タイミングとか運も良かったんだと思います」

俺はそう言って、フレジェさんを扉まで見送る。

頭を下げて出ていく彼女の背を見ながら、フルールを知れた幸運を噛みしめた。

フルールの加入後、初めて迎える定休日。
ツキネを抱いて一階に降りた俺は、誰もいない厨房に立ってここ数日を振り返る。
今週からは営業時間の短縮で混雑度合いが増し、時間あたりの注文数も一気に増えた印象だが、
特にトラブルもなく順調に営業できている。

フルールは相変わらず余裕の表情で仕事をこなすし、俺も時短営業で魔力消費量が減ったので、体力面での負担が軽くなった。

また、フルールが装飾した美しい料理も人気向上に一役買い、加入二日目以降も好評の声をいただいている。

嬉しいことに新しいレビューも書かれたらしく、それを見たというお客さんも数人来てくれた。料理の見た目に触れたレビューだったそうで、フルールを雇った効果が表れている。

ちなみにそんなフルールの居住場所だが、田舎出身の彼女は王都に家がない。在学時は学校の寮《りょう》、卒業後は先日の部屋で寝泊まりしていたそうなので、今は一時的にビアの部屋に泊まってもらっている。

一部屋にベッド二つは手狭かと思い、ツキネに頼んで二段ベッドを出してもらった。

彼女達にとって二段ベッドは珍しいらしく、上下のベッドを交替で使って楽しんでいるようだ。

二人ともしばらくはこのままで良いとのことなので、フルールの家を探すのは今のところ保留している。

「――キュキュ!!」

「ああ、そうだな。すぐ準備するからちょっと待ってな」

手を止めて思案にふけっていると、ツキネが急《せ》かすように裾《すそ》を引っ張ってくる。

俺は持ってきた魔法袋に大皿を何枚か入れて、二階にある小さなリビングへ向かった。

「おはよう、メグル！」

「ん。おはよう」

リビングに到着すると、先ほどまではいなかったビア達がテーブルの席に着いている。

「二人とも早いな」

「もちろん！　お腹空かせてるからね」

「ん。楽しみにしてた」

「はは、まずはツキネの分を作ってからな」

「キュウ♪」

二人が待機していたのは、事前に伝えていた〝歓迎会〟のためだ。

新たな従業員となったフルールを歓迎する会なので、彼女が希望する料理を出すことになっている。

また、歓迎会に乗じる形で、ツキネに様々な油揚げ料理を食べさせる約束もした。

最近はすっかりマスコットとしての立ち位置が定着し、強力な集客要員でもあるツキネ。

魔法による店内の清掃や二段ベッドの件でも助けられているため、日頃の感謝を込めた『油揚げ祭り』である。

「キュ♪　キュキュッ♪」

待ちきれんとばかりに動き回るツキネを尻目に、俺はスキルウィンドウを開く。

まずはいつも出している甘めの油揚げを皿に盛り、ツキネに提供した。

「とりあえず、これを食べて待っててくれ。また後で別の油揚げ料理を作るから」

「キュウ!!」

「はは、喉に詰まらせるなよ」

油揚げに飛びつくツキネに笑いながら、フルール達がいるテーブルへ。

「それじゃこっちの料理も作るか。フルールのリクエストは？」

店で出しているメニューを含め、ここ数日食べた料理の中で希望はあるか、事前に考えてもらっているのだ。

「ん。最初は豚の角煮とライス」

「角煮とライスね、了解。スープとかサラダはいらないか？」

「ん……味噌スープも追加で」

「了解」

俺は手早くウィンドウを開き、二人分の角煮とライス、味噌汁を用意する。フルールが希望した料理を食べる会なので、ビアに出すのも同じ料理だ。

「ん、やっぱり美味しい。甘味があって、とても深い味」

角煮をひと口食べたフルールは、嬉しそうな表情で言う。

ここ数日共に働いているからか、最初に会った時よりも表情の機微《きび》が読みやすくなった。

「このほろほろ感もたまらないよね！　口の中で溶けて、肉なんだけど肉じゃないみたいな!!」

その横でガツガツと食べるビアも、通常運転という感じだ。

美味しそうに食べる二人のもとを離れた俺は、再びツキネのところへ戻る。

「キュウ！　キュウキュウ!!」

「もう食べたのか？　わかったわかった、すぐに作るよ」

早く早く！　と急かすツキネに苦笑しながら、俺は続いてのメニューを出す。

「はいよ、油揚げのチーズ焼きだ」

「キュ!?　キュキュ!!」

普段の油揚げとは違うスタイルに、興奮した様子のツキネ。

ものすごいペースで食べはじめたので、すぐさま次の料理を作る。

「前もって調整しといてよかった」

こんなこともあろうかと、種々の油揚げ料理をリストに準備しておいたので、タップ一つで料理が生み出せる。

「ほら、次の料理だ」

「キュウ!?　キュキュ!!　キュキュウ!!」

油揚げの酢味噌《すみそ》和え、巾着《きんちゃく》たまご、肉詰め巾着、稲荷寿司《いなりすし》、きつねうどん、油揚げステーキなど
など……

続々と皿に盛られる油揚げ料理の数々に、ブンブンとツキネの尻尾が揺れる。

「キュキュ♪」

「好きなだけ食べてくれ」

用意した甲斐があったと思いつつ、フルール達のテーブルを見ると、両者とも既に完食して、熱い視線をこちらに向けていた。

「……こりゃ大変になりそうだな」

期待の目を向ける二人と爆食い中のツキネを交互に見た俺は、ふっと口角を上げてテーブルに戻るのだった。


「――ふぅ……終わった」

歓迎会の開始から数時間後。

額に浮かぶ汗を拭った俺は、お腹をさするフルールと毛づくろい中のツキネを見る。

ツキネが食べる量のすごさはわかっていたが、フルールの食いっぷりも恐ろしいものだった。

まさか全メニューを制覇した後、ラーメンとパフェも平らげるとは……

爽やかな顔で「締めのラーメン」と言い出した時には、聞き間違いかと思ったほどだ。

曰く、食べようと思えばいくらでも食べられる体質らしい。前世のテレビで見ていたフードファイター顔負けである。

そして、ここにいないビアはといえば、怒涛のペースで皿を空にするフルールになぜか張り合い、完全にダウンしてしまった。今は自室のベッドで休ませているが、回復まではもうしばらくかかるだろう。

そんな彼女とは対照的に、ただただ満足そうなフルールに声をかける。

「フルール、満足できたか?」

「ん。いっぱい食べられて満足。やっぱりパフェは至高のデザート。もっと他の種類も食べてみたい」

「はは、また今度作るよ」

どの料理も気に入ったようだが、やはりパフェが一番好きらしい。

先日はストロベリーパフェを出したので、今日はよりカラフルなフルーツパフェを出してみた。旬に関係なくたくさんの果物を詰め込んだパフェは、フルールのスキルによって現代アート風の仕上がりになった。

「パフェ、店では出さない?」

「んー……すぐには出さないかなぁ」

たしかに出すと人気になりそうだが、個人的にはまだ改善の余地があると思うし、どの種類を出すかも難しい。魔力的にも結構な消費となるので、しばらく表には出さないつもりだ。

「でもまあ、試作はどんどんやっていくから、その時は皆にも食べさせるよ」

「ん。ありがと」

なにせ、日々魔力を消費して鍛えている俺の魔力量は開店当時の数倍となり、十万の大台が見えはじめている。

大食いのフルールもいることだし、積極的な試作を重ねて質を高めていければと思う。

「……さて、俺も何か食べるか」

フルールとツキネの料理生成に追われていたため、その間は何も食べていない。

前もって軽食はとっていたのだが、集中したせいか少しお腹が空いていた。

「そうだな、パフェにするか」

フルールの対面に座り、フルーツパフェを生成する俺。

パフェの生成後、物欲しそうな目を向けてくるフルールとツキネに気付いてしまい、追加のパフェを振る舞うことになるのだった。

閑話　覆面調査員その二

フルールがメグル達の仲間となり、数日が経った時のこと。

先日訪れた覆面調査員のグリルに続き、新たな調査員が『グルメの家』に向かっていた。

（『グルメの家』……はたしてどのような店か）

歩きながら思案するのは、ベテラン調査員のベグン。

覆面調査員として二十年以上のキャリアがあり、調査員の中でも数パーセントしかいない『エキスパート』の資格を持っている。

エキスパートの彼が命じられる調査の大半は、責任が伴う重要な判断を要するもの。

今回ベグンが与えられた仕事は、対象の店が新店フェスの参加に値するかの判断だった。

最終決定権はベグンにあるため、彼が不合格と判断した場合、店はフェスへの参加権を得られない。

（グリルの奴は最高評価を付けたようだが、あいつは自分の好みに引っ張られるきらいがある……）

目深《まぶか》にかぶった帽子の下で表情を険しくするベグン。

エキスパートの彼からすれば、グリルもまだまだ若輩者《じゃくはいもの》だ。

彼の評価は一度ないものとして考え、自分の目と舌で厳正に評価するつもりだった。

「……少し急いだほうがいいか」

腕時計を確認したベグンは、歩くスピードを上げる。

時間には余裕を持って出発しているが、『グルメの家』の営業時間はかなり短い。

万が一のことがあると困るので、なるべく早めに着いておくべきだと判断した。

（なぜ営業時間が短いのかは不明だが……）

事前に貰った情報によると、『グルメの家』は今週から時短営業に入っている。

オープンからまだひと月も経っていないというのに、営業時間を短縮する意図がベグンには見えない。

(グリルの最高評価といい、営業時間短縮といい、謎《なぞ》の多いレストランだ……)

余計な詮索《せんさく》は公正な評価の妨《さまた》げとなるため、それ以上考えることはせず、無心になって歩くベグン。途中からペースを速めたおかげで、予定よりも十分ほど早く目的の店に到着した。

「……ここか」

『OPEN』の掛札を確認したベグンは、扉を開けて中に入る。

すぐにやってきた店員の案内で奥のテーブルへと通された。

「ふむ……」

店員から渡されたメニューを見ながら、ベグンは訝《いぶか》し気《げ》に目を細める。

サラダ、スープ、メイン、デザート等に分類されているが、どれ一つとして知っている名前がなかったからだ。

一次審査時のグリルと違い、ある程度は店の情報を与えられているので、珍しいメニューが並ぶこと自体は知っていた。

とはいえ、ベテランの自分ともなればわかるメニューもあるだろう——そう思っていたベグンは、内心の驚きを隠せなかった。

（報告では『異国料理の可能性あり』と書かれていたが、それにしてもこれは……）

全メニューが創作料理という稀有《けう》な可能性を疑いつつ、店員を呼び出すベグン。

「すまない、少しばかり訊きたいのだが……」

メインメニューについて、それぞれどんな料理なのかを質問する。

その類《たぐい》の質問は普段から訊かれ慣れている様子で、スラスラと店員は回答した。

「……なるほど。たとえば複数のメインを頼むとして、それぞれの分量を少なめにしてもらうことは可能だろうか？　料金はそのままで構わない」

「少なめですか？　ちょっと確認してきますね！」

笑顔でそう言って、早足で裏に消えていく店員。

それから一分足らずでテーブルに戻ると、「大丈夫みたいです！」と彼女は言った。

「少なめにする分、料金も少し安くしていいみたいですよ！」

「すまないな、それでは……」

『チキン南蛮』と『白身魚のムニエル』、『カルボナーラ』を少なめで注文するベグン。

肉料理と魚料理をそれぞれ一つずつと、グリルの報告書にあった麺料理を選んだ形だ。

さらにセットで少なめの『ライス』、ドリンクとして『緑茶』を頼み、食後のデザートに『ミルクジェラート』と『日替わりジェラート』を注文した。

分量的にサラダとスープは外したが、それは特に問題ない。数品のメインをチェックすればシェフの実力は判断できるからだ。

魚、肉、麺とそれぞれ別系統の料理なので、多面的な判断材料としても申し分なかった。

審査に備えて神経を研ぎ澄ませながら、料理を待つこと十分弱。

「……早いな」

ベグンの想像よりも早く店員がやってきて、テーブルに料理を並べていく。

「――っ⁉」

そしてその料理を見て、ベグンは声を上げそうになった。

(これはどういうことだ……⁉)

冷静な態度を装いながら、店員に礼を言う。

(報告では特に見た目に触れられていなかったが……)

店員が去った後、しげしげと料理を眺めて首を捻るベグン。

エキスパートの彼にとってみれば、それらが一流の盛り付けであることは明瞭《めいりょう》だった。

(おそらく、いや間違いなく、超腕利きの装飾人が付いている……)

若輩者のグリルといえども、さすがにその点を見逃すほど愚かではない。

最近になって装飾人を雇ったのだろうとベグンは判断した。

(営業時間短縮に加えて、一流の装飾人も雇うとは……やはり普通の店ではないようだな)

表情を引き締めたベグンは、手始めにドリンクの緑茶を飲む。

（……っ‼　なんだこのお茶は……？）

油断していたところに鮮烈なジャブを食らい、かっと目を見開くベグン。

エキスパートとして一通りのお茶を飲み、もちろん緑茶の類《たぐい》も飲んでいるが、今飲んだものほど香り高く、旨味のあるものは記憶にない。どんな茶葉を使用したのか見当もつかず、しばらく思案を巡らせた。

（……いかんな。審査は冷静に、だ）

咳払いで気を取り直したベグンは、まずはグリルの報告にもあったカルボナーラを食べることにする。

「…………‼」

その美味しさに、思わず頬を緩ませるベグン。

（ソースのコクと旨味、麺の食感……たしかにこれは完成された究極の麺料理と言っても過言ではないな）

一度報告の内容は隅に追いやり、フラットな気持ちで実食したが、そんなことが些細《ささい》に感じる圧倒的密度の美味さ。

そのままの勢いで半分ほど食べてしまったベグンは、次なる料理にターゲットを移す。

（たしかこれは……ムニエルと言ったか？）

美しい魚の切り身にハーブらしきものが散らされ、付け合わせの芋と濃緑の葉野菜、赤い実が彩りを加える料理だ。

王都では肉料理を出す店のほうが多いため、ベグンにとっても久しぶりの魚料理となる。

（見たところ、美しい焼き魚のようだが……）

ベグンはそう思いつつ、小さな一切れを口に運ぶ。

ぐっと噛みしめた瞬間、豊かなバターの風味が口内に広がった。

（なんて濃厚で豊かな風味だ！　それに――）

鼻に抜ける上品な香りはもちろんのこと、噛めば噛むほど滲《にじ》み出てくる脂《あぶら》の旨味もたまらない。

魚特有の臭みは一切なく、濃厚なのにくどくもなかった。

むしろ後味は不思議なほどさっぱりとしていて、次のひと口への強烈な誘惑がある。

（くっ……!!　このまま食べてしまいたいが、まだ肉料理が残っている……！）

後々の食べ比べ用にムニエルを残したベグンは、少量ずつ頼んだことを悔やみながら、チキン南蛮にフォークを伸ばす。

「……っ⁉」

口に入れてすぐにわかる、ダイレクトな美味しさ。

酸味と甘味が恐ろしいまでにマッチして、脳を直接殴《なぐ》られたような衝撃と共に〝旨味の塊《かたまり》〟が弾ける。

ムニエルを食べた際、魚料理が得意な店なのかと感じたベグンだが、肉料理も何一つ負けてはいなかった。

じっくり感じる美味さという点ではムニエル、一口ごとのインパクトはチキン南蛮に軍配が上がる。

（おっと……ライスの存在を忘れていたな）

途中まで失念していたライスとの相性も抜群で、ライス自体もベグンが食べてきたどの穀物《こくもつ》より美味しく感じる。

（そしてやはり、カルボナーラも素晴らしい……）

それから再びカルボナーラに戻ったベグンは、幸せそうに目を閉じながら咀嚼《そしゃく》する。

インパクトのあるチキン南蛮の後でも、その存在感は健在。改めて究極の麺料理だと、舌の記憶が蘇《よみがえ》る。

（どの料理も甲乙つけがたいな……）

時折緑茶で口の中をリセットしつつ、三つのメインを交互に食べていくベグン。

各料理の具材一つ、付け合わせ一つとして無駄な要素は見つからず、最高の余韻と共に完食した。

「お皿下げますね！　デザートをお持ちしてもよろしいですか？」

「ああ。よろしく頼む」

見計らったように現れた店員に礼を言い、ベグンはデザートの到着を待つ。

（残るはデザートのみか……報告にはデザートも絶品とあったな）

どんなデザートが来るのだろうかと、無意識の笑みがベグンの顔に浮かぶ。

(日替わりで味が変わるデザート……そんなものは聞いたことがないが)

あれこれと想像を巡らせるうちに店員が戻り、デザートの載った小皿を置いた。

「お待たせしました！　『ミルクジェラート』と本日のジェラート――『マンゴージェラート』になります！」

「おお‼　これが……」

デザートの説明を終えた店員が去るや否や、ベグンはさっそくスプーンを握り、ミルクジェラートを削り取る。

(こちらはたしか、ベーシックな味と言っていたな)

見慣れないデザートに少しばかり緊張しつつ、おもむろに口に入れるベグン。

「っ‼」

その強烈な冷たさに瞠目《どうもく》した彼は、直後に感じた甘く濃厚な風味に顔を綻《ほころ》ばせる。

(なんだこれは⁉　まるで雪のように溶けていくぞ……⁉)

初めての感覚には驚かされるが、重厚なミルク感と上品な後味が癖になる。

(手が止まらん‼　こんなデザートが存在したとは……)

最初の数口で虜《とりこ》になってしまったベグンは、日替わりフレーバーのマンゴージェラートも食べてみる。

「……っ‼」

そして再び、大きく目を見開いた。

（同じデザートなのに、フレーバーでこうも変わるのか⁉）

ミルクジェラートとは打って変わり、鮮烈な果実の風味がベグンの口内を駆け巡る。

全く異なる味の印象に驚きつつも、ジェラートを食べる手は止まらない。

（どちらも個性的で素晴らしいが、両方同時に食べても美味い……‼）

心地よい冷たさと爽快感《そうかいかん》も相まって、気付いた時には完食していた。

（……何と末恐ろしい）

常連と思われる客が入店する様《さま》を見ながら、店に対する評価を考えるベグン。

（まず間違いなく〝最高評価〟——新店フェスに参加して然《しか》るべき店であるな）

フェスへの参加権は当然与えるとして、ベグンの脳内では将来のランキング上位入りさえ浮かんで見えた。

近い将来、この店が王都に認知され、大きな関心を集めるという確信がある。

（グリルの奴がプライベートで来店していると風の便りに聞いたが……これほどの店なら噂の信《しん》憑性《ぴょうせい》も増すな）

事実としてベグン自身も虜になり、また個人的に訪れたいという気持ちがあった。

（グリルのことを悪く言えんな……）

自嘲《じちょう》気味に「ふっ」と笑い、鞄から財布を出すベグン。

会計を終えて店を出た後も、料理の味が頭から離れなかった。

第八話　レザンの来訪と告知

『グルメの家』の時短営業が、二週目に入った日のこと。

店じまいを済ませた俺達は、店内の四人掛けテーブルで軽い食事をとっていた。

いつもなら二階に戻っている時間帯だが、今日は来客の予定があるのだ。

はぁ……少し緊張するな。

その来客——レザンさんのことを考え、俺は小さな溜《た》め息をつく。

レザンさんは毒舌《どくぜつ》で知られるグルメ評論家で、俺がグーテのコンテストに出場した際、審査員を務めていた。その後、縁があってこの店の開店記念パーティーにも来てもらったことがある。

そんな彼の来店が決まったのは今から数日前。

レザンさんからの伝書鳩《でんしょばと》が飛んできて、食べに行ってもいいかと訊かれた。

来店時に目立たないよう、営業後に訪ねたいとのことだったので、了承の返事を出したのである。

レザンさん、悪い人じゃないんだけど……仏頂面《ぶっちょうづら》といい、寡黙《かもく》な雰囲気といい、前世で厳しかった上司を思い出すんだよなぁ。

開店記念パーティーの時にも来てくれたし、俺の店を気に入ってくれているのは嬉しいが、いかんせん今日は彼一人による来店だ。

パーティーとは状況が異なるので、どうしても緊張してしまう自分がいる。

「キュ！　キュキュッ!!」

「ん？　早いな、もう食べたのか」

「キュウ!!　キュキュウ！」

「了解、ちょっと待ってな」

皿を空にして鳴くツキネに笑い、スキルウィンドウを開く。

ツキネが所望しているのは、『油揚げ祭り』で初めて出した油揚げステーキ。

その味に相当ハマったようで、今日だけで既に三枚も平らげている。

「キュウ!!　キュキュッ♪」

「はは、ゆっくり食べろよ」

ステーキにがっつくツキネを見ながら笑う俺に、今度は向かいのフルールが声をかけてくる。

「メグル、もう一品食べてもいい？」

「もちろん。何がいい？」

「ん。今はラーメンの気分」

「了解、ラーメンね」

どんぶりを持ってきて醤油ラーメンを作ると、「ありがと」と言って麺を啜りはじめるフルール。

その様子を見たビアが羨ましそうな顔をするが、先日の食べすぎを思い出したのだろう、何も言わずにジャーキーを齧る。

はぁ……なんというか、緊張のしすぎもよくないよな。

レザンさんの来店を前にしても動じない皆の様子に、緊張も自然と解《ほぐ》れてくる。

「キュウ♪」

「お、満足したか？」

ステーキを食べ終え、膝に乗ってきたツキネを撫でる。

それからしばらく皆との談笑を楽しんだ俺は、テーブル上の皿を片付け、レザンさんの訪問を待つ。

時計の針が来訪予定時刻のちょうど五分前を指した時、静かに扉がノックされた。

ぴったり五分前とは、さすがレザンさんだ。

「こんにちは、レザンさん。お越しいただきありがとうございます」

「ああ……失礼する」

扉を開けて招き入れると、興味深そうに店内を見回すレザンさん。

以前招待した開店記念パーティーの時は変則的なテーブル配置だったので、通常状態の店が新鮮なのだろう。

「どうぞ、こちらへ」

フレジェさんとの商談でも使う奥の席に案内すると、頃合を見て現れたビアがメニューとお冷をテーブルに置く。

「…………」

メニューを手に取ったレザンさんは、鋭い眼光でそれを見つめ、数十秒後に口を開いた。

「ビーフシチュー以外はわからんな……選定を任せてもいいか？」

「大丈夫ですよ。お酒は飲みますか？」

「……ああ。酒も頼む」

「わかりました。少々お待ちください」

メニュー表を受け取った俺は、一礼してテーブルを離れる。

「――俺がメニューを決めるから、酒の選定は頼んだぞ」

「任せて！　最高のお酒をブレンドするよ!!」

ビアと一緒に厨房に入り、さっそくメニューを考える。

パーティーではビーフシチューを出したから……今回は和風で攻めてみようか。

個人的な見解であるが、レザンさんには和の雰囲気が似合う。

そんなわけで選択したのは、和風サラダ、味噌スープ、豚の角煮、セットのライス。

さらにデザートとして柚子《ゆず》フレーバーのジェラートを加え、全体を和風に統一した。

「ビア、決まったぞ」

カクテル担当のビアにその内容を伝えた俺は、ウィンドウを開いて和風サラダを生成する。

「フルール。装飾を頼む」

「ん、頼まれた」

慣れた様子で【デザイン】を発動し、サラダを装飾するフルール。

彼女は厨房で待っていたので、レザンさんはその存在を知らない。

すぐに仲間の装飾人として紹介してもよかったのだが、ちょっとしたサプライズの意味も込めて待機させていたのだ。

「よし、次も作るぞ」

装飾を終えたフルールの横で、続けざまに味噌スープを作る。

完成した味噌スープを彼女に渡すと、サラダ同様数秒で装飾が完了した。

「今回は俺が運ぶよ」

酒をブレンド中のビアにそう伝え、レザンさんのもとへ料理を運ぶ。

「お待たせしました。和風サラダと味噌スープです。メインとライス、カクテルは後ほどお持ちしますので、もうしばらくお待ちください」

「……っ！　ああ……」

「それではごゆっくりどうぞ」

厨房へ引き返しながら、口角が上がるのを感じる。

装飾のサプライズはしっかり効いているようだ。相変わらずの仏頂面ではあったが、驚きの色が浮かぶ瞬間は見逃さなかった。

堅物《かたぶつ》なイメージがあるからこそ、ちょっとした反応が垣間《かいま》見えただけでも嬉しい。

上機嫌で厨房に戻った俺は、少しだけ時間を空けてメインの生成に取り掛かる。

「フルール」

「ん」

皿の上に現れた豚の角煮を、流れるようにフルールが飾る。

美しい層を描き出す角煮本体と、それらを完璧な配置で彩る煮卵と青菜。

何度見ても惚れ惚れする出来に唾を呑みながら、俺はセットのライスを作る。

シンプルな見た目のライスでも、フルールの手にかかれば洗練された艶《つや》が生まれ、一粒一粒が美しく生まれ変わる。

「ビア、酒のほうはできてるか？」

「もちろん！　バッチリだよ‼」

ビアが見せてくれたグラスには、綺麗に透き通った水晶のような酒が見える。

「オーケー。俺が料理を運ぶから、ビアは酒を運んでくれ」

「了解！」

ビアを連れて厨房を出ると、味わうように目を閉じて味噌スープを飲むレザンさんの姿があった。

俺達に気付いて器を置いたが、楽しんでくれているようで安心する。

「お待たせしました。豚の角煮とライス、そしてこちらが……」

「特製ブレンドのお酒です」

「……ほぅ」

先ほどと同じく、驚いた様子のレザンさんは、心なしか笑みを浮かべてフォークを握った。


それから十数分後。

デザートの柚子ジェラートを持ってきた俺に、レザンさんがボソッと告げた。

「……いい料理だった。先日のビーフシチューもよかったが、個人的には今日の料理のほうが好みだ」

「えっ……ありがとうございます」

不意打ちで褒められたことに驚き、俺はワンテンポ遅れて礼を言う。

それを見たレザンさんは少しむっとした表情になり、「俺も褒める時は褒める」と不満気に言った。

「はは、すみません。ありがとうございます」

俺はそう答えると、柚子ジェラートをテーブルに置き、簡単な料理説明をする。

「――ほぅ、溶けるデザートか。面白い」

かすかに笑みを浮かべたレザンさんは、一掬いのジェラートを口に運んで、「む」と低い声を出した。

さらに確かめるように二口目を食べ、「……美味いな」と小さく零す。

彼は数口でジェラートを食べ終えた後、自前のハンカチで口元を拭《ふ》き、各料理の感想を言ってくれる。

辛口な印象が強く意識から外れていたが、彼の肩書はプロの料理評論家。ぶっきらぼうな口調ながら味の感想は的確で、プロなのだと感じさせられる。

どの料理もしっかり見てくれていて、俺の中での〝厳しい爺さん像〟が少しだけ和《やわ》らいだ。

来店の際も気を遣って事前に手紙をくれるなど、意外と丁寧なところがあるのかもしれない。

そう思いながら彼の話を聞いていると、「ところで……」と鋭い視線を向けられる。

「いつの間に装飾人を雇った？　ずいぶんと見た目が変わっていたが……」

「つい最近のことですよ」

縁あって先週から装飾人を雇ったことと、サプライズのため黙っていたことを伝える。

「驚いてくれたみたいで何よりです」

「はっ、あれだけの装飾技術を見せられたらな」

レザンさんは評論家として装飾に関する知識も持っているようで、一目見て並の装飾でないと見抜いたらしい。

「誰かとは聞かんが……良い装飾人を見つけたな」

ふっと笑ったレザンさんは、「そろそろ出る」と財布を出す。

「いつになるかはわからんが、機会があればまた来よう。その時はまた手紙を送る」

「ええ、お待ちしています。わざわざ配慮していただいてすみません」

「構わん。俺が来ると目立つのは事実だ。ただ……」

一瞬間を空けたレザンさんは、にやりと笑って言葉を続ける。

「どのみち目立つことになるかもな」

「え？　それはどういう――」

含みのある言い方が引っかかり尋ねてみるが、「さあな」と笑って返される。

「さっきのサプライズの礼だ。その様子じゃ知らないようだが……なに、どうせすぐわかる」

「はあ……」

支払いを済ませたレザンさんを見送った俺は首を傾げる。

「どのみち目立つって……」

もしかしたら、ランキングの更新でもあるのだろうか？

「どういうことだろうね？」

「そうだな……」

傍らでやり取りを見ていたビアと話しながら、俺は厨房へ戻る。

彼の言葉の意味を知るのは、それから二日後のことだった。


順調な経営に感謝しながらキッチンを片付けていると、掛札を変えに行ったビアが急いで戻ってくる。

「メグル、表に料理人ギルドの人が来てて、代表者はいるかって言ってるんだけど……」

「料理人ギルドの人が……？　すぐ行くよ」

いきなりギルドの人が来るなど、これまでは一度もなかったことだ。

何かあったかと不安に思いつつ厨房を出ると、制服を着た男性職員が表に立っていた。

「すみません、お待たせしました」

「いえいえ。こちらのほうこそ、急にお邪魔して申し訳ございません。ギルドから報告があって参りました」

丁寧な物腰の男性は、職員証を提示して身分を証明する。

「あなたがこの店の代表者――メグル様ですよね？」

「はい、そうですけど……報告って何の報告ですか？」

「ええ、実はですね――」

男性職員は一度咳払いをして俺の目を見る。

「この度、あなたのレストラン『グルメの家』が、新店フェスへの参加権を獲得しました。おめでとうございます！」

「えっと……新店フェス？　と言いますと……」

いきなりの展開に俺は困惑する。

祝福してくれているようだが、正直いまいちピンと来ない。

「新店フェス、ご存じないんですか？」

「いや、聞き覚えがある気もするんですけど……」

お客さんの口から何度か聞いたような気がするが、よくわからずスルーしていたのだろう。

まさか、という表情の男性を見るに、王都で有名な催《もよお》しなのかもしれない。

「その……すみません、王都に来たのは最近のことでして」

「ああ、そういうことでしたか！　それでは私から、新店フェスの概要も含めて説明できればと思うのですが、お時間はよろしいでしょうか？」

「はい、それでしたらぜひ。立ち話もなんですし中へどうぞ」

職員を店に入れた俺は、お冷を用意して彼の対面に座る。

厨房のほうを見るとビア達が顔を出して窺っていたので、『問題なし』とジェスチャーを送る。

「それでは改めまして、新店フェスへの参加権獲得についてですが——」

職員は水を一口飲み、新店フェスの説明を始めた。

「――と、そんなわけで、『グルメの家』が新店フェスへの参加権を得たのです」

「なるほど……」

職員の説明を聞くこと約数分、俺は大体の流れを理解する。

新店フェスとはその名の通り、新しくできたレストランが出店する催し物。

参加できるのは原則、開店から一年以内の新店に限られるが、全ての新店が参加できるわけではない。

参加権を得るには、料理人ギルドによる厳正な審査をクリアする必要があるのだ。

審査はプロの覆面調査員が行うとのことで、俺の店にも二度、調査員が来ていたらしい。

審査基準については公表されていないが、『グルメの家』は見事合格基準を満たしたわけだ。

「新店とはいっても、かなりの数がありますからね。審査に通るのはほんの一握りですので、本当にすごいことなんですよ」

「はは、それはすごく嬉しいんですけど……」

俺は頭を掻きながら、先ほどから気になっていたことを尋ねる。

「俺の店が参加権を得たとのことですが、実際に参加するかどうかはこちら次第なんですよね？」

「ええ、それはもちろんです。基本的にはほとんどの店が参加を選びますが、強制参加ではありません……もしかして、参加を見送る感じですか？」

　職員はそう言って、少し残念そうな顔をする。

「ああ、いえ、そういうわけではないのですが……具体的なフェスの内容を聞いてから考えようと思いまして」

「ああ、そうでした！」

　ポンと手を叩いた職員は、「引き続き説明しますね」と笑って言う。

「内容の前に、まずはそもそもの成り立ちを少し。新店フェスは元々、ランキングで不利になる新店のために開かれた催しです。掲示板のランキングは、それまでの実績等も計算に入りますからね。実力のある店であっても、開店直後は順位が伸び辛いんです」

「なるほど……実力のある新店を認知してもらうための催し、と」

「ええ、仰る通りです。そしてフェスの内容ですが、露店形式で各店が料理を出します。広場を囲むように露店を出していただく形ですね」

「なるほど」

　日本でも『○○博』系のイベントが開かれていたが、それに近いイメージだろうか？

「開催場所は、一区にあるイベントスペースとなります。日程は――」

　それから職員はフェスの詳細な情報について、丁寧に教えてくれた。

　日程は今から約一カ月後で、開催期間は三日間。

フェスを訪れた人々には、一人あたり三票の投票権が与えられ、気に入った店に一票ずつ、最大三店まで投票できる。

集計された投票結果は、フェス最終日の翌日、中央広場とギルド本部の二カ所に貼り出されるらしい。

「――とまあ、概要はこんな感じでしょうか。参加のほうはいかがなさいますか?」

「うーん、そうですね……」

面白そうな催しだとは感じるが、安易に参加を決めるわけにはいかない。

【味覚創造】のスキル特性を考慮した時、解決すべき点がいくつかある。

人前でスキルを使うのは避けたいし、今の魔力量では、期間中に必要な数の料理を作れるか不安である。

「もし迷うようでしたら、無理に決めなくても大丈夫ですよ。締め切りは来週末ですから」

「すみません、少し考えさせてもらいます」

「かしこまりました。こちらの資料も渡しておきますので、ゆっくりとご検討ください」

「ありがとうございます」

俺にフェスの資料を渡すと、「それでは」と店を出ていく職員。

「さて、どうしようかな……」

その背中を見送った俺は、さっそくビア達のもとへ相談に行くのだった。

第九話　老犬亭《ろうけんてい》

新店フェスへの参加について皆で相談した結果、全体的に前向きな意見が出た。

まずビアの意見であるが、「出られるならぜひ出たい」とのこと。

イベント事が好きだという彼女にとって、新店フェスは絶好の機会のようだ。

新店しか出られない貴重なチャンスを生かさないのはもったいないとも言っていた。

ツキネも概ねビアと似たような反応で、参加には前向きな様子だ。

細かい事情まで理解しているかはわからないが、「お祭り」と聞いて激しく尻尾を振っていたので、興味があるのは間違いないだろう。

次にフルールについてだが、「参加しても構わない」と言っていた。

人前に出るのは好きではないが、フェス特有の空気は嫌いじゃないらしい。どちらかと言えば中立的なスタンスで、参加自体は否定しないという考えだ。

そして最後に俺自身の意見だが……面白そうなイベントだなとは思っている。

コンテストのように大勢の前に立たされる状況は避けたいが、露店スタイルなら緊張しすぎることもないし。

また、開店から今日までの間、お客さん達と触れ合うことで、人に料理を食べてもらう楽しさや喜びも知った。

そういう意味でも人が集まる新店フェスには興味があるし、ビアが言うようにせっかくの機会だとも思う。

もちろん、参加によって生じるリスク等、考えるべきことは多々あるが、参加できるならしてみようという気持ちが強い。

「——皆の意見をまとめると、参加する方向でいいんだけど……」

自室でフェスの資料を見ながら、「うーん」と低く唸る俺。

気持ち的には参加の方向に流れているが、一つ、どうしても避けて通れない問題がある。

「……魔力不足がなぁ」

職員の話を聞いた時から明らかであったが、参加しようにも今の俺では魔力量が足りない。

これが大きな懸念点《けねんてん》だ。

フェスは露店形式で次々お客さんをさばく形なので、店で受ける注文のペースとはレベルが違うはずだ。

魔力自体はたしかに毎日増えているが、このペースでフェス当日まで増えていくとしても、三日間のフェスを乗り切れる自信はない。

スキルを見られるリスクについては仕切りを作れば良さそうだが、魔力不足の問題だけは解決の糸口が見えなかった。

「この問題をクリアできないと、出店は見送りかな……」

昨日からいろいろと考えてはみたが、これという策も浮かばないまま丸一日が経っている。

隣で寝ているツキネの背中を撫でながら、俺はもう一度低く唸った。


翌日の閉店後、砂糖の取引の件でフレジェさんがやってきた。

「――実は思いの外、砂糖の使用ペースが速くてですね。もし可能であれば、一度あたりに買う量を増やしたいと思うのですが……」

「ああ、全然大丈夫ですよ！　二、三袋増えるくらいなら」

快く了承し、キッチンで追加の砂糖を作る。

「どうぞ。今度からは追加分含めた量を用意しておきますね」

「ありがとうございます、助かります」

「いえいえ。ああ、そういえば」

頭を下げるフレジェさんに手を振った俺は、ついでにフェスの話をしてみることにする。

「一昨日、ウチに料理人ギルドの職員が来まして、新店フェスへの参加権を得たと告げられたのですが……」

「そうでしたか。おめでとうございます」

「ありがとうございます」

「もう出店の受付は済ませたのですか？」

どう話そうか迷っていたが、フレジェさんがいい感じに振ってくれる。

「いえ、それがですね――」

スキルの内容については伏せながら、参加するか悩んでいることを伝える。

店で出すメニューを露店で作るのは少し難しく、フェス用の料理を作るべきか検討中……という筋書きだ。

直接的な解決策は得られないが、何かヒントが貰えるかもしれない。

「――なるほど。たしかに、普段のメニューをそのまま出している店もありますが、多くの店がフェスに合わせたメニューを用意すると思いますよ。体感として七、八割の店はフェス用のメニューを出していますね」

それから詳しく聞いたところ、フレジェさんは研究も兼ねて毎回フェスを見に行っているらしい。

露店形式なので複雑な料理を作る店は少数派で、フェスのために調整した料理を出すのが一般的なんだとか。

「ウチの店もかつて新店フェスに参加したのですが……」

「え、そうだったんですか!?」

「ええ。その時はブラウンブルの串焼《くしや》きを出しました」

「ブラウンブルというと……この前食べさせてもらったやつですかね？」

以前『美食の旅』で食べたメイン料理に、ブラウンブルの肉が使われていたはずだ。

「ええ。あの料理の串焼きバージョンです。粗削《あらけず》りなソースだったので今のものとは違いますが、ありがたいことに好評をいただきまして。結果的に二位の票数を得られまして、ウチの店が人気になるきっかけとなりました」

「なるほど……」

「新店フェスに参加できていなければ、まだ五十位以内にも入れていなかったかもしれません」

「そこまでですか」

あれだけの料理を作れる店なのだ。

新店フェスに出たというのも納得だし、二位の票数を得たのにも頷ける。

そして、新店フェスで上位になることの重要性も理解した。

ふむふむと考えていると、フレジェさんはさらなる情報をくれる。

「新店フェス用のメニューといえば、たしか特区にあるフェス優勝店で、優勝当時のメニューをそのまま出す店があったはずです」

「そうなんですか？」

「ええ、店名はおそらく『老犬亭《ろうけんてい》』だったかと。特区の中では低めの価格設定ですし、参考として行ってみるのも良いかもしれません」

「『老犬亭』ですか……覚えておきます」

「ぜひ参考までに。今日はこの後用事があるので、そろそろ失礼しますね」

「はい、いろいろと教えていただきありがとうございました。そうだ、少し待ってもらえますか？すぐにお礼を持ってきます」

急ぎキッチンでクッキーを作ってきて渡すと、フレジェさんの目が輝く。

「ありがとうございます。メグルさんの店が参加したら、絶対に食べに行きますね」

上機嫌に言った彼女が帰った後、俺は顎に手をやりながら呟く。

「『老犬亭』、グルメ特区か……」

王都に来てからしばらく経つけど、なんだかんだでグルメ特区には一度も行けていなかったし、この機会に行くのもありかもしれないな。


――グルメ特区。

美食の都エッセンの中でもトップクラスのレストランが集う、究極のグルメエリアだ。

『グルメ』という名を冠《かん》するだけあり、飲食関連以外の店は存在せず、他のエリアとは根本から雰囲気が違う。

「おお……!!　これがグルメ特区！」

休日を使って皆と特区を訪れた俺は、その独特の雰囲気に感嘆しつつ、足を踏み入れた。

特区への入り口は一区との境にあるいくつかの門しかないため、より一層、特別な場所に入る感覚が強かった。

「すごいな、こんな場所があるなんて」

地球にも飲食店が多いエリアは存在したが、これほど食に特化した場所となると、少なくとも俺は思いつかない。

アウトレットモールのショップ全てが飲食店に置き換わり、異世界の趣《おもむき》を足した感じとでも言えばいいだろうか。

まさに美食の都ならでは、食道楽の理想郷のようなエリアであり、ただ歩くだけでもテンションが上がる。

「えっと……たしかこっちのほうだっけ」

グルメ特区に入った俺達は、ギルドで聞いてきた『老犬亭』への道を進む。ギルド嬢が言うには、門から徒歩で十から十五分かかるらしい。

「美味しそうな匂いがするね！」

「キュウキュウ!!」

「ん。お腹空いてきた」

「はは、たしかにな」

レストランだけが並んでいる影響だろう、皆が言うように、特区の空気には美味しそうな匂いが染み込んでいた。

お祭りで見る屋台通りのような強い匂いではないのだが、ほんのりとした心地よい匂いで、洗練された印象がある。

並んでいる店も普通の飲食店とは違った空気があり、個性的でお洒落な外観のところが多い。

個性の出し方も、区外店のように派手さのみを意識したわけではなく、各店のコンセプトが自然に表れた結果に見える。

たとえば、ちょうど横にある店の壁には美しいドラゴンの姿が彫られていて、その隣の店の窓には植物を描いたステンドグラスが嵌《は》められていた。

カラフルな店から落ち着いた雰囲気の店まで、様々なタイプの店が並んでいるが、それぞれの店のこだわりを感じて面白い。

どんな店があるのか観察しながら歩いていると、食べ歩きに明け暮れていた前世の感覚がふと蘇り、懐かしい気持ちになった。

せっかく異世界にいるのだし、外出の機会を増やして異世界の料理を食べ歩いてもいいのだが……店の運営に注力するとなかなかそれも難しいんだよな。

ビアとフルールも俺の料理のほうがいいと言っているし、俺自身スキルで自由に味を作れるため、様々な味を作っては味見するのが食べ歩きの代わりになっていた。

それはそれで悪くないので、最近は趣味の形が変わりつつあるのを感じる。

だった。

「でもまあ、やっぱりこういうのもいいよな」

久々に思い出した懐かしい前世の感覚の中、小さな声で呟きながら、『老犬亭』を目指すのだった。

「――それでは、料理をご用意いたしますので少々お待ちください」

『老犬亭』の店内にて。

目的の看板メニューを注文した俺達は、しばし料理の到着を待つ。

「店員の人、良い人だったね！　ボクも見習わなきゃ」

「はは、ビアの接客もお客さんから好評だし、今のままで大丈夫だよ」

俺はそう言って笑うが、実際に『老犬亭』のホスピタリティはすごかった。

丁寧で心地よい接客はもちろんのこと、店内とお客さんの状況を正確に把握《はあく》している。

注文時、ツキネの分の料理も頼んでいいか訊いたところ、笑顔で了承するだけなく、テーブル代わりの椅子をわざわざ用意してくれた。

フォレットやグーテで受けた接客も親しみを感じて好きだったが、ここの接客は一ランク上のおもてなし精神が感じられる。

丁寧さのレベルもちょうど良いので、変に緊張することもなく、店内の賑やかな空気と絶妙にマッチしていた。

「さすがグルメ特区……レベルが高いな」

「キュウ？」

腕に抱いたツキネを撫でながら、俺は店内を観察する。

ぱっと見ただけでも『グルメの家』の数倍は広く、テーブルの数もかなり多い。

ただ、天井が高く造られているため、お客さんが入っている割にはそれほど混んだ感じがしなかった。

「すごい人気だね」

「ああ……」

ビアの言葉に頷き、店の外に目をやる。

店内は満席状態なので、外待ちのお客さんが絶えないのだ。

特に今は混雑しやすい時間帯らしく、俺達が来た時も十五分ほど待たされた。

待つとは言っても、受付確認の札を渡されるシステムなので、少しの間なら店から離れても問題ない。俺達も近くの店を見て回り時間を潰《つぶ》させてもらった。

「お、もうできたのか」

注文からわずか三、四分後、お盆《ぼん》を持ってこちらに向かう店員が目に入る。

「お待たせいたしました。看板メニューの『ガルムスープ』でございます。狐ちゃんの分はこちらの椅子に置いてよろしいでしょうか？」

「ああ、お願いします……！　わざわざすみません」

親切な店員に頭を下げ、目の前に置かれたガルムスープに視線を向ける。

「おお、これが新店フェス優勝のメニュー……」

注文時に店員が教えてくれた話によると、ガルムスープの『ガルム』とは、Sランクの犬型の魔物のことらしい。

ガルムのように猛々《たけだけ》しく鮮烈な味を届けたいという想いから付けられた名前だそうだ。

店主による十年間の研究の末に生まれた一品で、『老犬亭』のメインメニューはガルムスープ一本勝負。

スープ一つで今の地位まで来たと言っても過言ではなく、その味に期待が高まる。

「美味しそうだね！」

「ん。盛り付けも綺麗」

「キュキュ♪」

「よし、それじゃ食べるか」

さっそくスプーンを取った俺は、心の中で『いただきます』と手を合わせ、ガルムスープを一掬いする。

掬ってみた感じ、結構とろみの強いスープだ。

赤い色味で具だくさんなのでミネストローネに似た印象だが、鼻を近づけるとトマト系ではない匂いがする。

どんな味がするのだろうと期待しながら口に入れると、想像以上の鮮烈な香りと旨味が瞬間的に広がった。

「美味いな……」

さすがはグルメ特区の人気店。

鼻腔《びくう》をくすぐるスパイスの複雑な香りと、各具材から染み出たと思われる旨味が荒々しくも噛み合っていて、激しく食欲を刺激する。

「美味しいね！」

「ん。なかなか」

「キュキュウ♪」

ビアとフルールも気に入ったようで、ツキネも好きな味だったようだ。

どんどん食べ進めていく皆を見ながら、俺もスプーンでもう一口。たしかにこれは、ハマる人が出るのもわかるな。

脳にガツンと来るような濃厚な味で、一口ごとに相当なインパクトがある。繊細で上品な風味を楽しむ料理というよりは、時折ふと思い出しては食べたくなる、中毒性のあるタイプだ。

濃厚な割には不思議とくどさを感じないため、途中で胃もたれすることもなく、最後まで美味しく完食できた。

「美味しかったね！　ハマっちゃいそう！」

「ん。満足感のある味だった」

ほぼ同時に食べ終わったビア達も、その味に満足したようだ。

「美味しかったか？」

「キュウ♪」

俺の膝に戻ってきたツキネも、上機嫌に口周りを舐《な》めている。

「新店フェスで優勝したのも納得だな」

鍋《なべ》から皿によそうだけで済むので回転率が良く、味の印象もしっかり残る。串焼き等と同じく、こういうイベントにぴったりの料理だ。

「こういうタイプの料理で勝負することもできるわけか……って、そうだ！」

煮込み系の料理、回転率、魔力不足……それらを合わせて考えた時、とある料理のアイディアが頭をよぎる。

あの料理なら、なんとかなるかもしれないな……

ビア達に確認すべき点はあるが、魔力不足問題に一筋の光が差す。

思わぬ形でヒントを得ることになった俺は、念のためリュックに入れていたメモ用紙を取り出すと、アイディアを忘れないうちに書き留めた。

第十話　狩りとフェスの準備（前）

『老犬亭』を訪れてから数日が経った夕暮れ時。

「うん、悪くないな」

店じまいを終え、厨房にこもりきりだった俺は、鍋の中の料理を味見して呟く。

まだまだ改善の余地はあるが、フェスに出せそうなクオリティのラインは超えた。

アイディアを形にするべく試行錯誤《しこうさくご》を続けたこの数日間、ようやく頷ける味を作れたことにほっとする。

「ビアとフルールにも感想を聞いてみるか」

ツキネを肩に乗せて二階のビア達を呼びに行くと、「できたんだ！」と言いながらすぐに降りてきてくれた。

「うわぁ、美味しそうだね！」

「ん。すごくいい匂い」

二人とも何の料理かは知っているが、味見を頼むのは今回が初めて。期待に満ちた表情で鍋を覗いている。

「はは、すぐ用意するよ」

前のめりになる二人に笑った俺は、鍋の中の料理――カレーを皿によそう。

半月状に盛られたライスの横にルウを注げば、カレーライスの完成だ。

「立ったままもなんだし、向こうのテーブルで食べようか」

ツキネと自分のカレーも用意し、皆でホールのテーブルへ向かう。

「久しぶりのカレーだね！」

「キュキュウ！」

カレーはこれまでにも何度か夕食で出しており、ビアとツキネも気に入っている。

「フルールはまだ食べたことなかったよな？」

「ん、初めて見る料理。どんな味なのか楽しみ」

フルールも頬を上気させながら、カレーに熱視線を送る。

皆待ち切れない様子だったので、早々に会話を切り上げて試食に移ることにした。

「それじゃあ、食べようか」

「はーい」

「ん」

「キュウ！」

呼びかけた瞬間、待ってましたとばかりにスプーンを握るビアとフルール。

ツキネも嬉しそうに一鳴きすると、尻尾を振って皿に飛び付く。

「……っ！　すごく美味しい！　今までのカレーとはちょっと違うけど、このカレーもボクは好きだよ！」

「ん、なんか癖になる味。ちょっとだけ辛いのが良い」

「キュウ♪　キュキュ!!」

「よかった」

皆の上々な反応に安堵して、自分のカレーを一口食べる。

「うん、ご飯との相性もバッチリだな。俺が好きなタイプのカレーだ」

本格的なインドカレーから、最近流行《はや》りのスパイスカレー、エスニックで辛みの強いタイカレー等、様々なタイプのカレーがあるが、このカレーは日本式の家庭的なカレーライス。

前世ではいろんなカレーを食べ歩いた俺も、たまに自宅で作るくらいには日本式カレーのファンだった。

「これってスキルだけで作ったんじゃなくて、市販の食材も使ってるんだよね？　すごく自然にマッチしてるよ！」

ビアが言うように、今回のカレーはいつもと作り方が違う。

魔力消費を抑えるために、具材はこの世界特有の野菜や実、魔物肉など、異世界の食材を使用しているのだ。

スキルを使うのは固形ルウを作る時だけで、後の手順は家庭での作り方と同じ。

鍋でじっくりルウを煮込んでいき、『老犬亭』からの帰りに市場で買った異世界の食材で深みを出している。

「いろんな食材を使うことでルウに深みが出るからな。それがカレーの魅力だよ」

「そっか、カレーってすごいんだね！　でも、これを作ったメグルもすごいと思う」

「ん、メグルも十分にすごい」

「キュキュウッ!!」

「はは、ありがとう」

皆の称賛に頭を掻いて返す俺。

いやあ、結構苦戦したんだよなぁ……

今回のカレー作りはいろいろと初めての要素が多く、思った以上に大変だった。

まずは肝心の固形ルウだが、溶かした後の味を想定して作るため、なかなか調整が難しい。

スキルの【味覚チェック】を使っても参考にならず、出来上がったものから実際にカレーを作ってその都度確かめる必要がある。

これで十分かと思えば薄かったり、食感のイメージが足りないととろみが出なかったり、一つ一つの調整にも時間がかかる。

数十回に及ぶ失敗を重ねることで、どうにかいい塩梅《あんばい》に辿《たど》り着いた。

次に異世界食材の選定だが、この作業も思った以上に大変だった。

具材の野菜は地球と似たものも多いため問題はないが、隠し味に使う実の選定に時間がかかったのだ。

それに、今回のカレーはまだ未完成。配合によって雰囲気がガラリと変わるため、この先もいろいろな調整が必要だろう。

コンテストに出る前も味覚転写の練習をしたり、実際に料理をしたりしたが、あの時の試行錯誤に状況が似ている。

上手くいかず大変なこともあるが、たまにはこういう頑張りも悪くない。

夢中で完食する皆を見ているとそう思う。

「それでさっきのカレーだけど、魔力の消費量的にはフェスに出ても大丈夫なんだよね？」

「ああ、その点は問題ないよ。保存の利く固形ルウを事前に用意しておくから、当日の魔力消費は実質ライス分だけだし」

食後のミルクジェラートを食べながら、俺はビアの問いに答える。

さすがに炊く前の米を作るわけにもいかず、ライスだけはスキルで作ることになるが、魔力消費量が少ないため問題ない。

「じゃあ、このカレーで新店フェスに？」

「そうだな。カレーで行こうと思う。クオリティ的にも問題なさそうだし」

「うん、バッチリだと思うよ！」

「ん。フェスが楽しみ」

「キュキュウ！」

ビア達も賛成してくれたので、カレーでフェスに参加することが決定する。

「今日は少し遅いし、ギルドに参加決定を伝えるのは明日でいいか。あとはそうだな……具材に使う魔物肉の件で話があって」

「ああ、どこで仕入れるかって話？」

「そうそう、そのことでちょっとな。最初は肉屋で買おうと考えてたんだけど……直接魔物を狩るのもありかもなって」

「「魔物を狩る？」」

ビアとフルールの声が揃う。

「そう。ほら、ウチには強力な戦力がいるだろ？」

「……ああ！　なるほど！」

フルールは首を傾げたままだが、ビアはすぐに思い当たったようだ。

ポンと手を叩き、休憩中のツキネを見る。

「そういうこと。もちろんツキネ次第ではあるけどな」

「キュウ？」

名前を呼ばれて、てくてくとやってくるツキネ。

それを膝に抱え上げた俺は、魔物の狩猟案についての話を始めた。


話は少し遡《さかのぼ》り、『老犬亭』からの帰り道。

ガルムスープから着想を得た『異世界食材カレー』のアイディアを皆に伝えると、「魔物肉を使うのはどう？」とビアに言われた。

「魔物肉を？」

「うん。普通の動物の肉も市場で売られてるけど、良質な魔物の肉に比べると旨味に欠けるんだ。カレーの味を良くするためにも、なるべく良い肉を使ったほうがいいんじゃない？」

「なるほど……」

たしかにビアの言う通りだな。

魔物肉を使うことに決めた俺は、そのまま市場に向かったのだが、ここでちょっとした問題が発生した。

いつでも売っている動物の肉とは違って、魔物肉は供給が安定しないのだ。

実際、俺達が訪れた時も最高品質の魔物肉は切らしており、中品質の魔物肉しか置いていなかった。

というのも、家畜化された動物は定期的に出荷されるが、魔物の肉は冒険者の狩りの結果によるからだ。

目的の魔物肉があっても、その魔物を狩る者がいなければ、当然店にも卸されない。

そもそも、腕の良い冒険者はレストランから直接雇われるもので、市場を通さずに肉を納品するケースが多い。

高品質の魔物肉が肉屋に入ってきた場合も、お得意先を優先して売られてしまうし、店頭に並んでも一瞬で売り切れる。

とりあえずその時は中品質の魔物肉を購入したが、高濃度の魔素下で管理した動物の肉と大差ないと店主は言っていた。

「もし最高の肉を仕入れたいなら、優先権を貰う契約を結ぶのがベストだろうね」

そんなアドバイスを貰い、俺は悩んだ。

市場で肉を買うのは、あくまでも今回のカレー用にすぎない。継続的に使うわけではない以上、わざわざ契約を結ぶほどのことでもないし。

であれば、同じくらいの美味しさの高級な動物肉を代替として使う手もあるが、それだとどうしても原価がかさんでしまう。

そうしていろいろと悩んだ末に思い浮かんだのが、ツキネによる狩猟案だった。

たとえ高ランク冒険者が狩るような魔物であっても、Sランクの魔物であるイビルタイガーを倒せるツキネなら狩れるはず。

感知能力にも優れているため、良質な魔力の魔物を見つけてくれる可能性も高い。

それに、ツキネにとっても良い機会になるだろうと思っている。

白狐としてはまだまだ子どもで、遊ぶのが大好きなツキネ。

街中や店内では大人しくしてくれていることが多いが、俺の部屋ではよく楽しそうに駆け回っている。

そんなツキネの姿を見る度に、思いっきり走り回れる環境に連れていってあげられればと考えていたのだ。

もちろんツキネが望まないなら止《や》めるつもりだが、そうはならないという確信があった。

——そうして現在、ビア達に狩猟案の話を伝えるに至る。

「というわけで、一石二鳥かなと思うんだけど……ツキネはどうだ？」

「キュキュッ!!　キュキュキュウッ!!」

王都の外で走れると聞き、尻尾を振り回すツキネ。

「決定だな」

「決定だね」

「ん。可愛い」

皆が温かい視線をツキネに向け、狩猟案の採用が決まった。

その週の定休日。

俺達は魔物狩りのため、王都の外に出かけていた。

「キュウ♪　キュキュ♪」

空は雲一つない快晴で、まさに絶好の狩り日和《びより》だ。

普段は俺の肩に乗るかリュックで休んでいるツキネも、嬉しそうに鳴きながら俺達の前を歩いている。

「ツキネちゃん、楽しそうだね！」

「ん。可愛い」

「久しぶりの自然だからな」

ほっこりとした空気の中、ツキネについていく俺達。

ツキネは今日のことを相当楽しみにしていたようで、尻尾が常にルンルンと揺れている。

フェスまでの期間を考え、今週か来週に出かけようと話していた時、早めがいいと一番に鳴いたのもツキネだった。

というわけで、もともと新店フェスの参加手続きのために料理人ギルドに行く予定だった今日、試しに狩りに出ることにしたのである。

「ええと……今はどの辺かな？」

料理人ギルドの後に立ち寄った冒険者ギルドで貰った地図を開き、現在位置を確認する。

赤い×印が付いている場所に、初心者向けの狩り場があるのだという。

Eランク以下の魔物がほとんどの比較的安全な狩り場で、俺達の家がある方角とは逆側の街門から徒歩で一時間程度らしい。

既に門から三十分近く歩いていたが、ようやく中間地点にあるという三本の木が見えてきたあたりだった。

「そろそろ中間地点だけど、休憩は大丈夫か？」

「ボクは大丈夫だよ！」

「ん、全然平気」

「キュウ♪」

元気な声で答えるビアに、淡々と答えるフルール。ツキネも体力が有り余っている様子だ。

ビアとツキネはわかるとして、フルールも意外と体力があるんだな。

そう思っていると、フルールのお腹が盛大に鳴った。

「ん……でも少しお腹空いた」

「はは、狩りの前に腹ごしらえしとこうか」

腹が減っては戦ができぬというやつだ。俺は絶対戦わないけど。

「よし、この辺りかな」

三本の木に近づいた俺達は、真ん中の木陰《こかげ》を選び、円を描くように向き合って座る。

俺はさっそくスキルウィンドウを開き、ランチメニューを考えることにした。

「外で手軽に食べられるもの……そうだ！」

ピクニック的なシチュエーションからサンドイッチを連想した俺は、皆が満足しそうなカツサンドを作ることに決める。

豚カツは【作成済みリスト】にあったので、そのデータを基に一、二分で調整が終わった。

「【味覚創造】！」

俺はすぐにカツサンドを出し、待ちきれない様子の皆に配った。

「美味しい‼　豚カツも好きだけど、これも食べやすくていいね！」

「ん、カツの肉汁がすごい。ソースも甘めで美味しい」

「キュキュウ♪」

目を輝かせながらカツサンドを頬張る二人と、それとは別で作った稲荷寿司を嬉しそうに咥《くわ》えるツキネ。

「それで、狩り場に出るっていう魔物の話だけど……」

俺は自分用のカツサンドを一口食べ、この後の流れを確認する。

今日選んだ初心者用の狩り場だが、なにも安全のためだけに選んだわけではない。

俺達が狙っているのは、その狩り場に出るという二種類の魔物だった。

まず一種類目が、シルバーラビットと呼ばれる魔物。

名前の通りウサギ型の魔物で、強さは低めのEランクだが、その臆病《おくびょう》さと逃げ足の速さから、捕獲難易度はBランクともAランクとも言われているそうだ。

市場における稀少性はもちろんのこと、非常に良質な魔石と肉で知られ、特に肉については高級店でもよく使われる。

しかし一般的な肉屋に並ぶ機会は滅多になく、ビア達も人生で一、二度しか目にしたことがないらしい。

「前に草原で生きた個体を見たことがあるけど、ものすごいスピードだったよ。高ランク冒険者でも捕獲できないことがあるみたいだし」

「へえ、そんなに速いのか」

「うん。攻撃力は大したことないらしいけどね」

「ふうん、まあウサギだもんな」

銀色の野ウサギを想像して頷く俺。

ウサギ肉と言えば淡泊《たんぱく》なイメージがあるが、こちらの世界の魔物ウサギは果たしてどんな味なのだろうか？

「もう一方の魔物はグラスディアだったっけ？」

「そうそう、シカ型の魔物だね」

俺達が狙うもう一種類の魔物が、同じくEランクのグラスディア。

温厚な性格のシカ型の魔物で、狩り場の奥地に生息する。

体色を草に紛れさせる擬態《ぎたい》能力を持つため少し見つけにくいらしいが、狩り自体は容易で、稀少性はそれほど高くない。

ただ、普段食べている植物が独特の香りを持つ種類らしく、それが移った肉にも特徴的な風味があるということだ。

「グラスディア専門のレストランがあるくらい、好きな人は好きな味なんだよ」

「へえ、味の想像がつかないな」

どんな香りなのか気になるが、一口にカレーと言っても、グリーンカレーのように独特な風味の種類もある。

思わぬ相性の良さを発揮《はっき》するかもしれない。

シルバーラビットとグラスディア、どちらの肉を使うかは試作してみないとわからないが、話を聞いた限りでは両方とも期待できそうだ。

魔物の話をしながら昼食をとった俺達は、休憩を終えて狩り場を目指すのだった。

第十一話　狩りとフェスの準備（後）

「……そろそろかな」

三十分ほど緩やかな坂を歩き、もうすぐ狩り場に着くというところで、獣のような雄叫《おたけ》びが聞こえてきた。

「なんだ⁉」

咄嗟《とっさ》に音の聞こえたほうを見ると、猪《いのしし》のような魔物がこちらへ近づいている。

おいおい、めちゃくちゃデカいぞ？

地球の猪の軽く四、五倍はありそうなサイズだ。

「ブラックボアだ！　はぐれ個体かな……かなり大きい」

いつの間にハンマーを取り出したビアが、俺とフルールをかばう形で立つ。

しかしブラックボアはハンマーなどお構いなしというように、トラックさながらの猛スピードで突っ込んできた。

その迫力に足がすくみ、思わず拳を握った時――

「キュウッッッ――」

ビアの前に飛び出したツキネが、『任せて！』と力強く鳴く。

「グルゥウ……!!」

ツキネに秘められた力を感じたのだろうか、ブラックボアは息を荒くして、一段とスピードを速める。

普通の人間がぶつかれば確実に命を落とすであろう突進にも落ち着いた様子で、ぐっと身を低くするツキネ。

「――キュキュッ!!」

そしてツキネは低い体勢から跳ねるように顔を上げると、短く高い一声を上げた。

「――グォ!?」

その瞬間、ブラックボアは電撃を受けたようにビタッと止まる。

そして目の焦点がずれたかと思うと、そのまま地面に倒れ伏した。

「えっ」

まさか触れずに攻撃したのか……？

横たわったブラックボアはびくびくと痙攣《けいれん》し、口から泡を噴《ふ》き出している。

「……今のは？」

「さあ……俺もよくわからないけど」

驚きに目を見開くフルールに、首を傾げながら答える。

「キュウ！」

「おお、ありがとな！　助かったよ」

「キュキュ♪」

褒めて！　と飛び込んできたツキネを撫でながら、気絶中？　のブラックボアを見る。

「こうして近くで見ると、本当にデカいな……」

「ブラックボアの中でも最大級の個体だね。ツキネちゃんがいなかったらと思うとゾッとするよ」

息を吐きながらハンマーをしまうビア。

「基本的にはEランクの魔物なんだけど、この個体はDランク以上だと思う。ボク一人だとギリギリ勝てるかどうか……メグルとフルールを守りながらだと厳しいだろうね」

「いや、これと戦えるだけですごいけどな」

さすがはDランク冒険者だと思いながら、俺はツキネに視線を戻す。

「それにしても、ツキネ」

「キュウ？」

「あの攻撃はどうやったんだ？　触れずに倒したみたいだけど、あんなの俺は知らないぞ？」

「うんうん、ボクも気になってた！　ツキネちゃん、あのすごいやつ何？」

「ん。すごかった」

俺とビアがツキネに尋ねると、フルールもコクコクと首を振る。

「キュキュ！　キュウキュウ！！」

すごいと言われて嬉しくなったのだろう。ツキネは得意気になって説明する。

「──なるほど」

「どういうこと？」

「なんというか、ピンポイントで衝撃波的なやつを飛ばしたらしい」

特殊な神力《しんりき》？　の話なので詳しいことはわからないが、凝縮した力を一気にぶつけたとかなんとか。目的の魔物ではないため命までは奪わず、気絶させるに留めたようだ。

放置していればそのうち目を覚ますとのことなので、早めにこの場を去ることにする。

「衝撃波を飛ばすなんてびっくりだね」

「ん。ツキネすごく強い」

「はは、俺も驚いたよ。まさかあんな芸当ができるなんて」

俺は二人に苦笑して答える。

ツキネの強さは知っていたが、戦闘を見たのはイビルタイガー襲撃時のみ。こんな器用な戦いもできるとは知らず、改めてその能力の高さを感じた形だ。

「ええと、この辺が狩り場の中心のはずだけど……」

そう呟いて立ち止まった俺は、地図を手に周囲を見渡す。

膝上くらいの背丈の草が視界一面を埋め尽くし、緩やかな風に靡《なび》いていた。

「この辺りの茂みにシルバーラビットがいるんだっけ？　ぱっと見は何もいないように見えるけど……」

「隠密《おんみつ》能力が優れてるからね。元々体も小さいし、気配を消して移動するから、見つけるだけでも一苦労なんだよ」

「なるほど。その上逃げ足も速いとなると、捕まえられる気がしないな……」

「うん、ボクには絶対無理」

首を振って、お手上げのポーズをとるビア。

フルールも目を凝《こ》らして獲物を探していたが、すぐに断念した様子だ。

「というわけで、ツキネの出番なんだけど、いけそうか？」

「キュウ！」

肩の上のツキネに問いかけると、自信満々に鳴いて地面に降りる。

「キュ……キュキュ！」

数秒間の集中の後、茂みへと姿を消すツキネ。

「もう見つかったのか？」

そう言って消えた方向を見たのも束の間、同じ場所からツキネが戻ってくる。

「うおっ！　ツキネ、それは……」

「シルバーラビット!?　こんな一瞬で!?」

「ツキネ、すごい……！」

ツキネの口に咥えられていたのは、銀色の毛並みを持つウサギ。見たところ外傷はないようだが、完全に絶命している。

「キュウ！」

「ああ、ありがとな」

足元に来て死体を置いたツキネに礼を言い、恐る恐るウサギを受け取る。

「思ったよりも重いんだな」

見た目の倍はある重さに驚きながら、ビア達と一緒にじっくり観察する。

「これがシルバーラビット……」

耳の形や全身のシルエットなど、名前の通りたしかにウサギではあるのだが、れっきとした魔物なのだと思わされる外見だ。

俺の知る一般的なウサギよりも一回り以上大きく、全体的に筋肉質な感じがする。ウサギ特有の可愛らしさは微塵《みじん》もなく、爪《つめ》や牙《きば》の鋭さも全く可愛くない。

そして何より注目すべきは、死してなお銀色に光り続ける体毛。通常の毛ではありえない発光の仕方が、魔力を持った魔物であることを示している。

「キュウッ!!」

「ん、どうした？　って、また捕まえたのか!?」

いつの間に狩りに出ていたらしく、ツキネの口には二匹目のシルバーラビットが。

「すごいな……さすがツキネ」

「キュウ！」

感心して褒めると、喜んだツキネが再び草むらの中に消え、三匹目のシルバーラビットを咥えて戻ってくる。

「……まじか。この辺にどれくらい潜んでるんだ？」

「キュキュ！」

なんとなくの個体数をツキネに尋ねてみると、軽く百匹はいるだろうとのこと。俺達では全く見つけられなかったのに、そんなに隠れているとは驚きだ。

嬉しいことではあるのだが、このペースで狩られるとさすがにまずい。

ツキネのハンティング能力が高すぎたのはちょっとした誤算だったな。

シルバーラビットの肉とカレーの親和性もまだ確かめられていない現状、肉が余ってしまうと困るので、今日は数匹の狩りに止《とど》めてもらおう。

「そういうことだから、あと二、三匹にしてもらっていいか？　グラスディアの狩りも残ってるしさ」

「キュウ！」

わかった！　と元気に鳴くや否や、狩りのため茂みに消えるツキネ。

遠くのほうでガサリと草が揺れると、あっという間に一匹を仕留めて戻ってくる。

「ツキネちゃんがいれば、冒険者としても安泰《あんたい》だね……」

「ん、一パーティに一ツキネ」

そのまますぐ二匹目、三匹目と仕留めてみせたツキネに、ビア達が笑って呟く。

五分とかからず計六匹のシルバーラビットを手に入れた俺達は、もう一方のターゲットであるグラスディアを狩るべく狩り場の奥へと移動した。


「——あっ、いたよ！　グラスディアだ！」

それから数分後、草原を進み森との境が近づくと、ビアが小声で遠くを指す。

「ん？　俺には何も見えないけど……」

「ん。私も」

俺達はビアが指した方向を見るも、何かがいる様子はない。

「ツキネはわかるか？」

「キュウッ！」

もちろん！　と鳴きながら、得意気に胸を反らすツキネ。

「本当にいるのか……狩ってきてもらってもいい？」

「キュキュ！」

前脚を上げて答えたツキネは、地面を蹴《け》って勢いよく飛び出す。

「あ。あいつか！」

「ん、見えた」

ツキネの接近に相手が気付いたのか、背の高い草むらの一部が揺れて、シカのシルエットが浮かび上がる。

周囲の草に擬態すると聞いていたが、本当にカメレオンのようだ。

「キュウッ！」

慌てて逃げようとするグラスディアに飛び掛かったツキネは、その首元を前脚で殴る。

神力を攻撃に使ったのか、グラスディアは体をびくりと跳ねさせて、力が抜けたように横たわった。

「死んでる……やっぱすごいね。軽い一撃で仕留めるなんて」

倒れたグラスディアを触って言うビアに、ツキネが「キュウ♪」と胸を反らす。

死んだら擬態が解けるようで、緑色だった体表が次第に茶色に変わっていく。

「それにしても、ビアはよく見えたな」

「まあ、狩ったことがあるしね。冒険者として、グラスディアの擬態を見抜くスキルは必要だから」

「なるほど……たくましいな」

改めてビアが冒険者なのだと感じると同時に、まるで気付けなかった自分が悲しくなる。

異世界転生の主人公といえば、気配察知のスキル持ちだったり、戦闘能力に長《た》けていたりするものだが、その点俺は完全なる一般人。

実際に初心者向けの狩り場に来てみたことで、自らの非力さが浮き彫りになった。

今後も戦闘関連はツキネ達に任せ、後ろからひっそり見守りたい。

「キュキュ……キュウ？」

「んー、そうだな。結構大きいし、一匹にしておこうか」

シルバーラビットと違い、一匹でも十分な肉量なので、今日の狩りはこれで終わりにする。

「キュウ……」

「はは、我慢して偉いぞ。遊び足りない分は、帰り道に俺が付き合おう」

「キュウ!?　キュキュウッ!!」

リュックからボールを出してみせると、尻尾をブンブン振り回すツキネ。

「ツキネちゃん、嬉しそうだね。ボクも一緒に遊ぶよ」

「ん、私も」

「キュウッ♪」

嬉しそうに跳ねるツキネを見て、俺達は互いに笑い合う。

こうして二種類の肉を手に入れた俺達は、ツキネとのボール遊びを楽しみながら王都への帰路に就《つ》いた。

それからの数日間、シルバーラビットとグラスディア、それぞれの肉を使ってカレーの試作を行った。

皆と味見して相談を重ねた末、フェスで提供することになったのは、シルバーラビットの『ウサギ肉カレー』。

地球で食べたウサギ肉は淡泊な味わいで鶏肉に近いイメージがあったが、シルバーラビットの肉は全く違う。

脂分自体はたしかに少なく、ジューシー感は控えめなものの、良質な魔力の影響で生まれた抜群の旨味と、ほどよく柔らかい食感がたまらない。

出汁《だし》として優秀な側面も持っていて、ルウに溶け出た肉の成分が一層の深みを与えてくれる。肉を入れただけでルウの印象が大きく変わるため、最初に味見した時はかなり驚いた。

ちなみに、グラスディアを使った『シカ肉カレー』も非常に美味しかったのだが、ハーブのような風味があり、エスニックな印象が強かった。

フェスには多くのお客さんが来るため、よりオーソドックスで万人受けしそうなほうがいいだろうと、シルバーラビット肉を選んだ。

そうして、肉の選定を終えた俺は、その日のうちに魔物肉用の魔道具を購入。

先日の魔道具屋で実を保管するための魔道具があったが、それの魔物肉バージョンといったところだ。

ボックス内に満たした魔力で魔物肉の鮮度を保ち、同時に旨味の熟成も進めてくれる。

性能の良さから値は張ったが、毛皮や爪といった素材の売却代でカバーできたので問題ない。

特に捕獲難易度の高いシルバーラビットについては、重量あたりの単価がAランク素材に匹敵するのだ。毛皮の状態も良好だったため、想像以上の高レートで取引できた。


「……うーん、やっぱ最低でも数日は熟成させるべきだな」

『ウサギ肉カレー』の調整に専念して早三日。

キッチンにある鍋の前で腕組みをした俺は、ルウで煮込んだ肉を味見して呟く。

熟成のさせすぎはかえって味の劣化を招くが、数日の熟成であれば長いほうが美味い。

フェス本番ではベストな状態の素材を提供したいので、本番用の狩りは早めに行うのがいいだろう。

「できればルウも少し寝かせたいし……一週前の定休日に狩るのがベストかな」

試作ではまだその日限りのカレーしか食べていない——フルールを筆頭に一日で食べられてしまうのだが、フェス本番のカレーは一、二晩ほど寝かせたい。

種類によっては寝かせないほうが良いカレーもあるが、日本式カレーは寝かせることでコクが増し、味に深みが出るからだ。

ただ、ルウを寝かせるとなると、衛生面での不安が出てくる。

自分の家で消費する分ならともかく、フェスのカレーはお客さんのための料理だ。

菌《きん》の増殖による食中毒もありえる話なので、しっかり対策しておく必要がある。

幸い、食文化が発達した王都では衛生観念も周知され、菌対策の魔道具も多数売られていた。

魔物肉用の魔道具を買った際には忘れていたので、試作用の狩りに出た時にでも買わなければならない。

「……うん、ルウのコクも昨日より増してるし、理想には近づいてるかな」

鍋から掬ったルウ部分の味見も行い、うんうんと頷く俺。

味の調整はわりかし順調に進んでおり、気分は上々だ。

「今日はビア達も休ませてるし、もう少し長めに煮込んで変化を見てみるか」

ルウの熱気に汗ばむ額を拭いながら、ひたすら調整に明け暮れた。


営業後等の隙間《すきま》時間にカレーの調整を進める一方、営業中にはフェス参加の周知を始めていた。

フェスの開催期間は『グルメの家』の定休日に被っているため、最終日の翌日に休みを貰うことにしている。

つまりフェス期間の三日プラス一日と、四日連続の休業となるわけで、お客さんを困惑させないためにも早めの周知が大切だ。

営業時間短縮の時と同じく、店の扉にお知らせの紙を貼り、常連客には口頭でも伝えている。

「メグル、また常連の人が来てたから伝えといたよ！」

「ありがとう。参加に対して何か言ってた？」

「んー、そんなに驚いた感じでもなかったよ。応援してるって言ってた」

「そっか、それは嬉しいな」

応援してくれていると聞き、胸の内が温かくなる。

既に結構な数のお客さんに参加の件を伝えているが、基本的に皆好意的な反応だ。

フェスに出ることで混雑が増すと残念がるお客さんもいたが、それもほとんど冗談めかした言い方で、おめでとうと笑ってくれる。

むしろほとんどのお客さんは「参加するだろうと思っていた」と言い、参加の決定は俺の店が持つ当然の権利だと言ってくれた。

「――区外でやってくれてるのが奇跡みたいな店だったからね。実力のある店は遅かれ早かれ頭角を現すものさ」

たとえばこれは、この店一番の常連、コーンさんの言葉だ。

混雑が増すかもしれないと謝った俺に、胸を張って出てほしいと笑ってくれた。

「――良い店はちゃんと〝良い店〟として評価されるべきです」

またこれは、昨日客として来たフレジェさんに貰った言葉だ。

皆が優しくて助かったと笑う俺に、「それがこの街の考え方ですから」と彼女は言った。

他店との競争で培《つちか》われた食文化だからこそ、他店へのリスペクトを忘れない。

良い店は皆に認知され周囲を牽引《けんいん》してきたし、これからもそうやって食のレベルを高めていく。

料理人だけでなく、お客さん達も皆、そのことをわかっているのだと。

「――よし、やるぞ」

作り終えた料理をフルールに渡し、俺は小さく拳を握る。

俺を、グルメの店を認めてくれて、応援してくれるお客さん達。

彼らの応援に恥じぬよう、全力を尽くしてフェスに臨みたい。

――そして、それからの二週間余り。

俺はひたすらに『ウサギ肉カレー』の調整を進めた。

隠し味を工夫したり、トッピングを追加したりして、料理全体のクオリティを底上げしていく。

もちろんその間にも店の営業は続き、休日は狩りに出たりもしたので、時間が過ぎる感覚はあっという間だ。

営業し、調整し、狩りに出て、また調整し、日々は飛ぶように過ぎていき――

ついに新店フェス当日がやってきた。

第十二話　新店フェス（前）

新店フェスは午前開始のため、当日の朝は早い。

皆で店を出て歩くこと一時間強、会場のあるエリアに到着する。

「さすが王都……規模が違うな」

遠目に会場の様子を見ながら零す俺。

グーテの料理コンテストでも広い会場が使われていたが、今回はその時よりも一回り広く、人数の規模もまるで違う。

フェスのスタートまではまだ結構な時間があり、入場受付も始まっていないが、入り口前にはすでに長蛇《ちょうだ》の列ができていた。

現時点でギルド職員による列整理が必要なレベルなので、開始時刻にはとんでもないことになりそうだ。

「こんな早くからすごい数だね……」

「ん。どんどん人が増えてる」

「かなり混むって聞いてたけど、予想が甘かったな」

俺達は列を横目に話しながら、会場の裏側へと回る。

正面にあるエントランスとは別に、関係者用の通用口が用意されているのだ。

ぐるりと迂回《うかい》していくと、こぢんまりとした門の前にギルド職員が立っていた。

声をかけると店名を訊かれ、ギルドカードの提示を求められる。

「——はい、たしかに『グルメの家』のメグル様ですね。お連れ様も全員中へどうぞ」

魔道具でギルドカードを読み取った職員は、丁寧な所作で開門してくれる。

「お待ちしておりました。どうぞこちらへ」

門を抜けると別のギルド職員が現れて、広場の端にある建物まで案内される。出店者達を一カ所に集め、フェスの最終説明をするそうだ。

「それでは、説明が始まるまで今しばらくお待ちください」

広々とした待機場所にはホテルロビーを思わせるテーブルとひじ掛け椅子があり、各テーブルには店名が書かれた立て札が置いてある。

「ええと、俺達のテーブルは……」

『グルメの家』の札を探していた俺は、目の前に現れた人影にぶつかりかけて足を止めた。顔を向けると、長い金髪をオールバックにした若い男性が立っている。

「あ、すみません……」

俺は咄嗟《とっさ》に謝罪して、邪魔にならないよう横に動く。

「――おい」

しかし男性は立ち去らず、強めの語気で語りかけてきた。

「お前、フェスに参加する料理人か？」

「はい、そうですけど……」

怒らせたかと思いながら答えると、「ふっ」と鼻で笑い飛ばされる。

「おいおい……獣《けもの》を肩に乗せて歩くなんて、ずいぶんな料理人だなぁ？　調査員の舌も鈍《にぶ》ったんじゃねーのか？」

「な……」

いきなりなんだ？　この人……

突然の侮辱《ぶじょく》に反応できず、言葉に詰まってしまう俺。ビア達も信じられないという表情で男性を見る。

「あ？　なんだその目は？　無名が調子にのってんじゃねーぞ。ま、お前らのことなんてどうでもいいが……せいぜいフェスの品位を落とすなよ？」

歪《ゆが》んだ笑みを浮かべてそう言った彼は、俺への興味を失ったように去っていく。

品位を落とすなよと言うが、一体それはどちらのほうだろうか？

「何なのあいつ……いきなり馬鹿にしてきてさ！」

「ん。クソ野郎」

男性のほうを振り返りながら、怒り心頭で言うビア達。

俺も自分を馬鹿にされるだけならともかく、ツキネを『獣』と見下されたことには腹が立った。

「はぁ。やっぱりいるんだな、ああいう奴……」

平気で他人を貶《おとし》め、攻撃的な嫌味を吐くタイプの人間。

前世でも数人覚えがあるが、残念ながら異世界《こっち》にもいるらしい。

「キュウゥ……」

ツキネも恨めしそうな顔をして、彼の背中を睨《にら》んでいる。

「出だしからとんだ災難だけど、とりあえず座って落ち着こう」

いきなりトラブルに巻き込まれてしまった形だが、気にしていても仕方ない。

俺達が相手にすべきはお客さんであり、あのような人間ではないのだ。

肩の上のツキネを慰めるように撫でた俺は、改めて席を探すことにした。


「――出店者の皆さん、お待たせいたしました。これよりフェスの最終説明を行います」

『グルメの家』用の席に着き、待つことおよそ十五分。

各テーブルをチェックして回った職員が、皆の前に出て説明を始める。

説明内容は全体的なフェスの流れや、各店に用意された食器類、キッチンのスペックの話など。

キッチンは公平を期すため、作る料理によらずどの店も同じ規格らしい。

各店が料理を提供するブース位置は、出店受付の順に決められる。

締め切り前に滑り込みで受付した『グルメの家』は、両端どちらかのブースということだ。

「――以上になりますが、何か質問はありますか？」

一通りの説明を終えた職員は、誰からも質問がないことを確認して再び口を開く。

「続きまして、各参加店の概要と料理人の紹介に移ります。出店受付順ですので、まずは一区に店を構える『スキュラ』から。代表料理人はフィスクさんです」

うわ……いきなりあの人かよ。

名前を呼ばれて立った人物に、俺は思わず顔をしかめる。

つい先ほど絡んできた金髪の男性だったのだ。

立ち姿から自信に溢れていて、相変わらず周りを見下す雰囲気がある。

職員の紹介を聞き、俺は驚きに目を見開いた。

「え……」

あの人、七つ星だったのか……

二年前に有名な料理学校を首席卒業した彼は、在学中から多くの大会で好成績を残していたらしい。

卒業後は特区の有名店で一年間の修業を積み、一区に彼のレストラン、『スキュラ』をオープンする。

人間性こそ褒められたものではないが、料理の腕は本物のようだ。

「続きまして――」

その後も各店ごとに一、二分ほど、出店受付順に紹介は進んでいく。

「レベル高いね……」

「そうだな……」

小声で言ってきたビアに頷いて答える。たしかに紹介を聞いた感じ、全体的にレベルが高い。

〝新店〟フェスということで駆け出しの料理人が多いと思っていたが、実力者やベテランが多い印象だ。

特に今紹介されてる人……

ピルツさんと呼ばれた人物を見て俺は唾を呑む。

六つ星や七つ星など高ランクの料理人が続く中、さらなる高ランクの九つ星。

グルメ特区の人気店で副料理長に至った彼は、一部の高ランク料理人だけに与えられる二つ名を持っているという。

彼の二つ名は『絢爛《けんらん》』。

レストラン名である『彩園《さいえん》』も相まって、すごい料理を作りそうな感じがする。

ピルツさんの紹介が終わった後も、しばらく彼のほうを見ていると、いよいよ俺の店の番が回ってきた。

「――最後は、区外に店を構える『グルメの家』。代表料理人はメグルさんです」

「は、はい」

返事は別にいらないのだが、なんとなくそう言いながら立ち上がる。

職員が簡単な店の紹介をするが、区外からの出店は稀《まれ》なようで、周囲が少しざわついていた。

なんだか少し気まずいな……

そう思いながら視線を泳がせると、ふんぞり返ったフィスクさんと目が合った。区外だと聞き、完全に馬鹿にしている顔だ。

従業員と思わしき人達にひそひそと耳打ちし、全員で嘲《あざけ》るような視線を向けてくる。

「続いて、メグルさんの経歴ですが――」

それから職員は俺についての紹介をしていくが、星の数と新人という情報くらいで、コンテストでの成績等には触れていない。

俺個人についての情報公開は控えるよう、ギルドに言っておいたからな。

五つ星という情報が出た際には軽いざわめきが起こったが、特に問題なく紹介は終わった。

「以上になります。最後に――」

俺が着席すると、職員は各店のブース番号を告げる。

最後に告げられた俺達のブース番号は十五番。

「よし……絡まれないうちに行くか」

各自席を立ち、テーブルを離れはじめたので、俺達もすぐに離脱する。

そのまま建物を出た俺達は、自分達のブースを目指して急いだ。


俺達のブース番号からもわかるように、今回フェスに参加するのは全部で十五店。

フェス会場は長方形になっており、入り口から見て逆U字型になるようブースが配置されている。

奥の長い辺に七ブース、両側の短い辺に四ブースずつという構成だ。

『グルメの家』のブースがあるのは、入り口から見て左の一番手前。入場するとすぐに見えるので、悪くない位置だろう。

「おお！　しっかりした造りのキッチンだな」

「これなら快適に使えそうだね！」

ブースに着いた俺達は、そのクオリティに感心しながらキッチン設備を確かめていく。

屋台のような造りだろうと思っていたが、想像以上にちゃんとしているキッチンだった。

キッチン周りもプレハブに似た頑丈な素材で囲われており、その辺の店のキッチンをまるごと持ってきた感じだ。

広さも普段使っている厨房に近い……俺の店のキッチンが小さめというのもあるだろうが。

「奥のほうでスキルを使えば、お客さんに見られる心配はないか」

念のため仕切り板を持参していたのだが、その必要もなさそうだった。

広々と使えそうだと思っていると、後ろから不意に声をかけられる。

「やあ、メグル君だったかな？　ちょっといいかい？」

「あなたは……ええと、ピルツさん」

振り返って見ると、先ほどの紹介で唯一の九つ星だったピルツさんが立っていた。

二十代半ばと思われる男性だが、その純真な笑みは少年のような雰囲気を感じさせる。

「準備中のところ悪いね」

「いえ、全然大丈夫ですけど」

「ありがとう。ほら、さっきフィスクの奴に絡まれてただろう？　それが少し気になってね。ブースも近いし、挨拶ついでに来たんだ」

俺のブースのちょうど向かい側、入り口から見て右側手前にある『スキュラ』のブースを見るピルツさん。

「彼はいい腕を持ってるけど、その態度は正直目に余る。料理人ギルドからも何度か注意を受けているようだしね。メグル君が何を言われたかは知らないけど、何も気にすることはないよ。料理人は料理で評価されるべきだ」

「そうですよね。ありがとうございます」

ピルツさん、良い人だな。

戻っていく彼に頭を下げ、コンロ等の使用感をチェックしていく。

「問題なく使えそうだし、もうしばらくしたら準備するか」

お客さんの入場が始まるのは約一時間後。

他のブースの中には既に料理を始めているところもある。

といっても俺達の場合、保存の魔道具で寝かせたカレーを煮込むだけなので、大した時間はかからない。

飲食スペースのテーブルを拭く職員スタッフ達を見ながら、しばしビア達との会話に興じることにする。

「前に出たコンテストとは全然感じが違うよな」

「あの時はステージだったもんね」

最初にフェスの説明を聞いた時から感じていたように、新店フェスの雰囲気は前世で慣れ親しんだ屋外イベントそのものだ。

ステージ上に立つ緊張感が半端なかった料理コンテストとは違い、賑やかで楽しいお祭りという様相である。

各ブースの造りがしっかりとしていて、飲食スペースのテーブルも整然と並べられているので、捉えようによっては屋外版のフードコートのようにも見える。

客としてではなく出店者側からその光景を見るのは不思議な感覚で、どこかワクワクする自分がいた。

「そういえば、コンテストの話聞いてない」

「ああ、フルールには話してなかったか」

「ん。興味ある」

「そうだな。時間もあるし話すか」

コクリと頷くフルールに、料理コンテストでの体験を語る俺。

観客席にいたビアの話も聞きながら談笑を楽しんでいると、入場三十分前のアナウンスが流れはじめる。

「そろそろ準備に入ろうか」

そう言ってビア達に目配せした俺は、魔法袋からカレー鍋を取り出す。

会場の外ではアナウンスを聞いたお客さん達が、一段と大きなざわめきを立てていた。

『――大変長らくお待たせいたしました。お並びの皆さま方は、スタッフの案内に従い中へお入りください』

準備を始めた三十分後、予定通りにフェスは始まった。

拡声の魔道具を介したスタッフの声が、会場の外から聞こえてくる。

「いよいよ始まったな……」

続々と会場に入ってくるお客さん達を見ながら、俺は鍋の中身を掻き混ぜる。

ビアとフルールもそれぞれの位置につき、積んである皿等をチェックしていく。

ツキネは早起きしたせいで眠くなったようなので、ブース内の隅で眠らせていた。

「うわっ……ピルツさんの店大人気だね」

「ん、さすが九つ星」

「やっぱ最初はそうなるよな……」

開始早々、行列ができているピルツさんのブースを筆頭に、いくつかの店に向かっていくお客さん達。

元々狙いを定めていた店があるような動きだ。

「まあ、これはかりはどうしようもないけど」

有名店出身の料理人が多くいるので、そちらに客が集まってしまうのは仕方ない。

特に混雑が少ない序盤は、後ほど混みそうな店に並んで当たり前だ。俺がお客さんの立場だったとしても、きっと同じことをするだろう。

「んー……」

こりゃ当分誰も来ないか？

そう思いながら数分が経った時、一人の男性が俺の店に並ぶ。

「おっ、一番乗りかな？　カレーライス？　を一皿頼むよ」

「かしこまりました。少々お待ちください」

俺は軽く笑みを浮かべ、ギルドが用意した木皿にライスを生成する。

新店フェスで使用する食器類は、特別な事情と事前申請がない限り、ギルド製の木製食器で統一されていた。

使用済みの木皿は会場中央の返却ボックスに入れられ、強力な洗浄魔法をかけた後、各ブースに再分配される。

食器の形状にはいくつかの種類があるが、俺達が使うのは少し深めの楕円形《だえんけい》タイプ。

前世ではステンレス製のカレー皿等として知られた形状だ。

「んー……」

このお客さん、どこかで見たことあるような……

ライスの隣にルウを注ぎながら、どこか見覚えのある人だと思っていると、男性のほうから話しかけてくる。

「この前は素晴らしい料理をありがとう。チキン南蛮だったかな？　すごく美味しくて気に入ったよ」

「店に来てくれたんですか？」

「つい先週ね。その時にこのフェスに出るって貼り紙を見つけたから、これは行かなきゃと思って来たんだ」

「ありがとうございます。来ていただけて嬉しいです」

代金を受け取った俺は、完成したカレーライスを渡して礼を言う。

「おお、これまた変わった料理だね！」

皿を受け取り、しげしげと見つめる男性。「また今度店にも行くよ！」と笑った彼は、飲食エリアへと消えていく。

そしてその数分後、本日二人目のお客さんがやってきた。

「どうも、予定通り来させてもらったよ」

「ああ、こんにちは。お越しいただきありがとうございます」

週に二、三回は店に来てくれている常連のお客さんだ。

彼の分のカレーライスを用意していると、その後ろに別の常連さんが並ぶ。

皆、思ったよりも来てくれるな……

しばらくは誰も来ないと思っていたが、それからも一、二分おきに人がやってきて、カレーライスを注文していく。

ほとんどは常連客か来店歴のある人だが、ビアが言うには見たことのない人もいるらしい。

「他店の行列もひどくなってきたし、妥協《だきょう》で流れてくるのかもな」

俺の店と同じく最初はほぼ無人だった隣のブースも、ちらほら並ぶお客さんが出はじめている。

動機を考えれば複雑な気もするが、いずれも大切なお客さんだ。

「料理人は料理で評価されるべきだ」とピルツさんが言っていたように、重要なのはそこから先、ウサギ肉カレーが美味いかどうか。

「……頑張るぞ」

幸先の良いスタートとは言えないが、まだフェスは始まったばかりなのだ。状況を悲観するのではなく、カレーライスに自信を持って堂々と振る舞っていればいい。

新たに訪れたお客さんに挨拶しながら、俺は気を引き締めた。

第十三話　新店フェス（中）

「――ふぅ、終わったな。皆お疲れ様」

初日終了のアナウンスが流れ、お客さん達が帰っていく。

ビアとフルールに労いの言葉をかけた俺は、使い終わった鍋等の片付けを始める。

「最後のほうはいろんな人が来てくれてよかったね！」

「そうだな。まあまあ健闘したんじゃないか？」

開始直後はまばらだったお客さんも、午後になると少しずつ増えていき、終了間際にはちょっとした行列ができる程度にはなっていた。

「ん、リピート客が多かった」

「たしかにな。ギリギリまで改善し続けた甲斐があったよ」

フルールの言うように、健闘できた一番の理由は〝リピート客の存在〟である。

午前中に訪れたお客さん達が、午後に再び買いに来るケースが多かったのだ。

中には一皿目の後、十分もしないうちに来てくれるお客さんもいた。

用意していたルウの大半を売り切れたのも、偏《ひとえ》に彼らのおかげである。

そして、それを実現することができたのは、限界までカレーの調整を続けたから。

「何杯でもいける」「癖になる味」「中毒性がある」……お客さんごとに表現の仕方は違えど、多くのリピーター客が似たようなことを口にしていた。

——食べた瞬間にガツンと胃袋に響くような、インパクト抜群の旨味。

特に大きな役割を果たしているのが、ここ二週間で追加した『出汁キューブ』だ。

その名の通り出汁を凝縮したキューブ状の物体で、ルウの作製時に固形ルウと一緒に溶かして使う。

異世界の野菜とシルバーラビットの熟成肉、これらの豊潤《ほうじゅん》な自然の出汁に、スキルを活かした出汁キューブの旨味が加わることで、より多層的かつパンチ力のある味わいを表現できた。

隠し味として入れたチョコレートや生クリームも、濃厚でコクのあるルウに貢献している。

さらに、そんな工夫の詰まった特製のルウを保存の魔道具で一晩寝かせ、各具材の旨味をしっかりと馴染《なじ》ませた。

スキルのみで作ったルウ顔負けの至高のルウが、お客さんの胃袋を掴《つか》んでくれたのだろう。

「明日のルウを増やしとかなきゃな」

また来ると言ってくれたお客さんも多いし、店に戻ったら追加のルウを仕込んだほうがよさそうだ。

余った場合はもう一晩寝かせられるのも、カレーの強みである。

「ただ、他の店の料理もオリジナリティ豊かだからな……」

フェスの開始から数時間が経った頃、目を覚ましたツキネが他店の様子を見てきてくれた。

他店の料理が気になる旨をビア達と話していたら、偵察に名乗りを上げてくれたのだ。

さすがに目立つだろうと思ったのだが、他人からの認識を阻害する能力を持っているとのこと。

神の使いらしい便利能力のおかげで、楽に他店の料理を知ることができた。

ツキネ曰く最も美味しそうだったのは、ピルツさんの店『彩園』が出す料理。

肉と魚を組み合わせた創造的な品は頭一つ抜けたクオリティで、芸術作品のように見えたと言う。

『絢爛』の二つ名は伊達《だて》ではなく、今回のフェスにおける圧倒的な優勝候補である。

また、七つ星以上の高ランク料理人達の店も、それぞれにハイクオリティな料理だったらしい。

その多くは肉料理、特にステーキ系の品が多いが、使っている肉とソースが違うため見た目は千差万別。

トマトのような赤いソースからホワイトソース系の白いもの、果ては緑と黄色のカラフルなソースまであり、店ごとに独自の特徴がある。

中でも個性が光っているのが、向かいにあるフィスクさんの『スキュラ』。

黒と白二種類のソースを使った個性的なステーキはもちろんのこと、鉄板を使った調理パフォーマンスが客目を引く。

アクロバティックな動きで調理する様《さま》は俺達の位置からも時折見え、お客さん達の感嘆の声も聞こえてきた。

ただ、料理の腕は一流とはいえ、やはり彼の人間性には難があり、行列の少ない店を見ては小声で馬鹿にしていたらしい。

ツキネも相当頭にきたようで、今も向かいのブースを睨み付けながら「キュウゥ……」と低く唸っている。

「――とにかく、全体的に手強い店が多いから、引き離されないよう食らい付いていかないと」

ウサギ肉カレーのポテンシャルは間違いないので、それを信じて丁寧にやり抜くしかない。

人気店との如実《にょじつ》な差を実感すると同時に、明日以降も頑張ろうと奮起する初日となった。


その翌日。

初日同様に空は快晴で、絶好のフェス日和が続く。

そういえば雨の時はどうするのかとふと思い、スタッフに尋ねてみたところ、雨を防ぐための結界魔法を張るとのこと。雨が少ないので使う機会はほぼないが、天気が荒れても屋内のように過ごせるらしい。

魔法のすごさを改めて感じながら、新店フェス二日目がスタートした。

「——今日は最初からお客さんが多いね！」

「昨日とは全然違うな」

スキルでライスを生成しながら、俺はビアに答える。

今日は開始直後からリピート客、常連客の人達が並んでくれ、絶えることなく訪問してくれている。

その様子を見た新規のお客さんも興味を持ってくれるので、昨日に比べると明らかに食い付きが良い。

「フルール、最後まで持ちそうか？」

「ん。単純な装飾だし問題ない」

「了解。もしキツそうならすぐに言ってくれ」

余裕のピースを見せるフルールに笑う俺。

カレーライスなので比較的シンプルな装飾だが、それでも装飾があるのとないのとではだいぶ違う。

大雑把にルウを注いでも、フルールの【デザイン】がライスとのバランスを整えてくれるし、トッピングである福神漬《ふくじんづ》けの配置も完璧だ。

また、事前にルウを仕込んだ際、各具材のカット作業も【デザイン】で手伝ってもらっている。どんな具材でも適切な大きさと形に整えてくれるので、料理全体のクオリティ向上に繋《つな》がった。

「キュキュウ～！　キュキュッキュ！！！」

「何この子！　可愛い～!!」

「ツキネも頑張ってくれてるな」

初日は他店の偵察で活躍してくれたツキネだが、接客でも力になりたいと思ったらしい。

何かしたいと言ってきたので客引きをお願いしたところ、張り切って鳴いてくれている。

油揚げ色の制服を着て飛び跳ねる様子は一部のお客さんに刺さるようで、予想以上の集客効果を発揮《はっき》していた。

「うお……十数人は並んでるな」

そうして二日目の正午に入る頃には、十人規模の行列ができることも増えはじめた。

リピート客も着々と数を伸ばしていて、今日だけで二皿目を頼むお客さんもいる。

「ペースとしてはかなり順調だけど……」

俺はそう呟いて、ふとピルツさんのブースを覗く。

ぐねぐねと伸びた長蛇の列を、スタッフが忙《せわ》しなく整理している。さすがにまだまだ人気店には敵わないらしい。

「……フィスクさんの店もすごいな」

ふと向かいにあるフィスクさんのブースを見ると、ピルツさんのブースに次いで長い行列ができている。

昨日よりも格段に並びが増えているので、アクロバティックなパフォーマンスが話題を呼んでいるのだろう。

「他の高ランク店も相変わらず強いな」

それから俺は会場全体を見渡してみるが、その他の高ランク料理人の店と比べても、『グルメの家』の人気は二、三歩劣ってしまっていた。

昨日の時点で思い知らされているが、やはり知名度の差というのは大きい。

「それに……」

木皿の上にライスを生成しつつ、俺はちらりと右側の壁を見る。

壁を隔てた先にある隣のブースから、食欲をそそる強烈なスパイスの匂いが漂っているのだ。昨日までは特に感じることなく、今日になって漂いはじめた匂いだった。

ツキネの偵察では『老犬亭』のガルムスープに少し近い、煮込み系の料理を出していたとの話だが、匂いの強い実や調味料の類《たぐい》を足したのだろう。

目的はおそらく集客。たしかピルツさんの次に紹介されていたが、隣のブースの料理人は三つ星、この会場では俺と同じく〝弱者〟に分類される側だ。

昨日の客足もそれほど伸びていないようだったので、巻き返しを狙った一策を講じたのだと思われる。

途中からのアレンジを禁止する規定はなく、必死な気持ちも理解できるため咎《とが》めるつもりは全くないが、カレーの独特な匂いによる集客を期待していた俺達にとっては、少しばかり都合が悪い。

そういう意味でのマイナスもあるため、絶好調というほどではないが、徐々に存在感を出せているのはたしか。並んでくれているお客さん達をちらりと見て、俺は静かに拳を握る。

「よし、この調子で頑張っていこう！」

忙《せわ》しなく働くビア達に声をかけ、木皿にルウを注いだ俺は、気合を入れて作業に集中するのだった。


フェスの二日目も半ばを過ぎ、お客さんの数も落ち着きはじめた頃。

「ふぅ、やっぱり昨日よりも多いな」

二杯目に突入したカレー鍋を混ぜながら、俺は額の汗を拭った。

初日はカレー鍋一杯分で事足りたが、今日はすでに二杯目の鍋に突入している。

「でもやっぱり、他の店も調子良さそうだね」

「ん。なかなか厳しい」

一度行列が途絶え、手が空いたタイミングで、伸びをしながら言うビアにフルールが頷く。

「そうだな。下位の中では上に行けたと思うけど、高ランクの店はな……」

客足の伸び率としてはかなり良い数値なのだろうが、上位勢に付けられた差は依然として開いたまま。

会場が落ち着いた今もピルツさんのブースは賑わっているし、正面にある『スキュラ』のブースでも絶えず行列ができている。

ちなみに、匂いで集客を図っていた隣のブースだが、思うような結果は出ていない模様だ。

最初のほうはそのインパクトでお客さんが集まっていたものの、途中からは閑古鳥《かんこどり》が鳴いており、残酷な現実をまざまざと見せつけられている。

「もちろん、勝つことが全てじゃないんだけど」

勝ちたいと思うのは人間の性《さが》であるが、大切なのはお客さんと向き合う姿勢。

美味しい料理を食べてもらいたい。

その一心を大事にして、最後までやり切ればそれでいいのだ。

幸い、カレーライスの魅力は着実に伝わっており、会場における認知度は高まりつつある……と思っている。

今の真摯《しんし》な姿勢を貫き、丁寧に接客していれば、自《おの》ずと結果もついてくると信じたい。

「頑張るぞ」

ビア達と再度気合を入れ直していると、視界の隅でこちらに近づく人影が見える。

さっそく新しいお客さんが来てくれたらしい。

「あ、いら――」

「――いやぁ、精が出ますねぇ」

どこか見覚えのあるその男性は、俺の挨拶を遮り、嫌味な空気を含んだ声で言った。

「えっと……」

たしかこの人って……

にやにやと笑うその顔を見て、俺はすぐにその正体に思い至る。

昨日の料理人紹介でフィスクさんと一緒に馬鹿にした視線を向けてきた、『スキュラ』の従業員の一人だ。

彼は銀縁の眼鏡をくいっと上げると、薄ら笑いを浮かべたままねちっこい視線を向けてくる。

「……何か用でしょうか？」

明らかな嘲りの見えるその態度に、思わず険のある声が出る。

休憩のためブース内に戻っていたツキネも、俺の肩に上がって男性を睨み付けた。

「キュウゥ……!!」

「おお、怖い怖い。警戒しなくても、ただの視察ですよ」

「視察？」

「ええ、他店の状況を知るのは大事ですからね。ちょうど全日程の半分を超えたところですし、休憩がてら見てくるように言われまして」

男性はふと『スキュラ』のブースに目を向けて言う。俺もつられてそちらを見ると、心なしかフィスクさんの嫌味な視線と目が合った気がした。

「そうですか……視察するのは構いませんが、お客さんがいる時は遠くからお願いします」

「大丈夫です。長居して邪魔するつもりはありませんよ。これ以上、視察の必要はなさそうですから。我々『スキュラ』が意識するべき相手は、一部の高ランク店のみ。あなた達はどうぞ低い位置で、爪痕《つめあと》を残せるよう頑張ってください」

口元を歪めながら言った彼は、俺の肩に乗るツキネを一瞥《いちべつ》して「ふっ」と笑い、おもむろに踵《きびす》を返す。

俺は一瞬言い返そうと口を開いたが、思い止まって首を振った。

「今のって、どう考えても挑発だよね……」

「ん。嫌な奴」

「キュウ……ッ！」

去っていく彼の背中を睨みながら、声に怒りを滲ませる一同。

「ああ、こりゃ完全に舐められてるな……」

視察に来たと言っていたが、真っすぐブースに帰る様子からして、他の店をちゃんと見て回ったのかも怪しい。

昨日とさっきの態度から考えれば、わざわざ冷やかしのために来たと捉えるのが妥当だろう。

「はぁ……正直迷惑でしかないけど、気にして俺達のパフォーマンスに影響が出るのもよくないし、ああいう手合いは気にしないのが一番だよ」

「うう……わかるけどさ……あの舐めた態度に一泡吹かせたいよね」

「ん。目にもの見せる」

「キュキュウ!!」

「はは、そうだな」

鼻息を鳴らして意気込むビア達に俺は笑う。

ここから勝てるほど甘くはないとわかっているが、皆が言うように『スキュラ』側の態度が癇《かん》に障るのもまた事実。

料理のクオリティでは負けていないつもりなので、打倒『スキュラ』とはいかないまでも一矢報《いっしむく》いるくらいはしておきたい。

「……って言っても、やることが変わるわけじゃないんだけど」

俺達ができることは一貫して、真摯にお客さん達に向き合うこと。

投票数で勝つためにカレーを作るのではなく、お客さんに『美味しい』と喜んでもらうためカレーを作る。

そうしてリピート客を獲得し、地道に行列を伸ばすのが唯一の道なのだ。

いくら料理の実力があろうと、『スキュラ』のような態度を続けていると、どこかで綻びが出てもおかしくない。

「――いらっしゃいませ！」

新たに見えた新規のグループ客に、姿勢を正しながら挨拶する。

次なる波がやってきたのか、グループ客の後ろにも別のお客さんが並んでいる。

再び伸びはじめた行列に元気を貰いながら、フェスの二日目は緩やかに過ぎていった。

第十四話　新店フェス（後）

そうして、ついに迎えたフェス最終日。

今朝までは空にかかっていた雲も晴れ、連日の綺麗な青空を見せている。

「よし」

飲食スペースの清掃などをしているフェスのスタッフを見た俺は、カレー鍋をコンロに乗せて火を付ける。二日間やってきたこともあり、準備の段取りもスムーズだ。

「ふぅ、気合入れてかなきゃな」

会場外の賑やかな声を聞きながら、鍋の中のルウを煮込んでいく。

最終日は王都民の休日と重なっており、三日間で一番来場数が多くなるだろうとギルド職員が言っていた。

実際、入り口前の行列の長さや賑わいの大きさからして、職員の言葉は正しそうだ。

俺達の店に来るお客さんの数も昨日より増えそうなので、気合を入れて臨《のぞ》みたい。

『大変長らくお待たせいたしました――』

ビア達と雑談を交えつつ、しばらくルウを混ぜていると、入場開始の案内が流れはじめた。

会場の外からここ三日で一番の歓声が上がり、堰《せき》を切ったようにお客さん達が入ってくる。

「すごいな」

「さすが最終日だね」

「ん」

まるで雪崩《なだれ》のような勢いに驚きながら、接客に備える俺達。

どれぐらいでお客さんが来るかと思っていると、さっそく数人のお客さんが走ってきた。

「いらっしゃいませ！」

「おう！　カレーライス？　ってのを一つ頼む！」

「かしこまりました。少々お待ちください」

聞こえてくる会話的に、新規のお客さんみたいだな。

少し意外に思いながら、キッチンブースの奥でライスを生成する。

一昨日も昨日も、最初に来てくれたのは常連客かリピート客で、序盤から初見の人が来るのは今日が初めてのことだ。

さすが人の多い最終日だと思い、ちらりと次のお客さんを見ると、見たことのない種族の人だった。

連続で新規客が来てくれたことに驚きつつ、木皿にルウを注いでいく。

「出だしから調子いいね！」

「ん。いい感じ」

さらに数人のお客さんが列に並ぶのを見て、ビア達が嬉しそうに言う。

「ああ、スタートダッシュは完璧だな」

俺も笑ってそう答えるが、一分、二分……と経つにつれ、段々調子の良さに疑念を抱く。

一皿のカレーを用意する間にもお客さんはどんどん並び、目を離す度に行列が伸びているのだ。

「……なんかやけに多くないか？」

調子が良いと言っても、さすがに限度というものがある。

初めは単に来場客数の差なのだろうと思っていたが、高ランク店の人気にも負けないペースなのだ。

入場開始からおよそ十分が経つ頃には、会場全体でも五指に入る規模の行列ができていた。

「何かあったのかな？」

「ん。普通じゃない」

ビア達も手を動かしながら、不思議そうに首を傾げる。

明らかに人が集まりすぎだし、新規客が過半数を占めているのも異様だった。

「このままじゃ増える一方だな。二人とも、提供のペースを上げても大丈夫そうか？」

「もちろん！」

「問題ない」

今のペースではお客さんをさばき切れないので、提供スピードを上げることにする。

こんなこともあろうかと、混雑時の連携についてある程度擦り合わせていたのだ。

まず俺がお客さんの死角でライスを生成し、隣に素早くルウを注ぐ。

ビアがお金を受け取り、お釣りを渡している間に、俺がフルールに皿を渡す。

フルールは福神漬けを手早く添えて、すかさず【デザイン】を発動、カレーライスは美麗な変化を遂げる。

完成した品をビアが提供し、次の一皿に移るというサイクルだ。

それぞれの作業を分担することで、提供スピードが格段に上がっていた。

「なんかラーメン屋みたいだな……」

某ラーメン屋の淀《よど》みない連携を思い出しながら、ふっと口角を上げる俺。

「ツキネ!!　ちょっといいか？」

「キュッ！」

さらにスピードアップするべく、客引きに出ていたツキネを呼び、連携の補助役を務めてもらう。

「——キュウッ！」

「おお！」

「元気が出るね！」

「ん。絶好調」

神力による身体強化をかけてもらうと、体が一気に軽くなり、各自の動作が一段階速くなった。

「キュキュッ！」

「助かるよ、ありがとな」

また、皿の受け渡しも神力で浮かせて行ってくれるため、ブース内での移動も最小限で済む。

俺達三人＋ツキネの連携によって、元々の五、六倍は速いペースでお客さんをさばくことができた。

「ふぅ、いいペースだな」

作業の合間に息を吐き、行列の様子をチェックする。

効率的な提供のおかげで列の伸びはストップしたが、相変わらずすごい数のお客さんだ。

「次のルウの準備しとかないと」

作業の合間に急いで二杯目のカレー鍋を出し、別のコンロで火にかけておく。

「おい、あの店どうなってんだ？」

「区外の店なのに人気店並みの行列だよな」

「あれだろ？　なんか変わった料理出してるところ」

「ああ、たしかカレーライスだったたっけ？」

「さっき隣の奴が食ってたけど、美味そうな匂いなんだよな」

「へえ、面白そうだし並んでみるか」

背中越しに次々と聞こえてくる人達の声。

行列を見て興味を持った人達が新たな客となり、それを見た別の人達がさらに興味を持つ。

文字通り、行列が行列を呼ぶ状態となっていて、お客さんが絶える気配がない。

「本当にどうなってるんだ……!?」

「昨日までとは大違いだね……！」

「ん。想定外」

嬉しい悲鳴を上げながら、俺達はひたすらカレーを提供する。

昼時になるとお客さんの数が増加して、ハイペースで回しているのにもかかわらず、少しずつ行列が伸びていく。

「――あ、昨日の人が見てるよ」

「ん？　ああ、『スキュラ』の人か」

ビアが指差した方向を見ると、昨日挑発にやってきた眼鏡の従業員がこちらを睨んでいた。

まさか俺達の店にこんな行列ができるとは夢にも思わなかったのだろう、絵に描いたような〝ぐぬぬ顔〟である。

ちょっかいをかけようとしているのか、距離を詰めようとしているが、人の多さから近づけず悔しそうな表情を見せている。

しばらくすると列整理のためのスタッフがやってきて、それを見た彼は諦めたように『スキュラ』のブースへ戻っていった。

「いい気味だね！」

「ん。ざまあ」

「キュウッ♪」

「そうだな」

忙《せわ》しなく動きつつも向かいのブースに目をやって、小声で喜びを表す俺達。

思わぬ形で一矢報いることになり、少しだけ晴れやかな気持ちになるのだった。

それからというもの、俺達は懸命にお客さんをさばき続けた。

昼時を過ぎても行列は緩和されることなく、むしろ少しずつ伸びている。

気付いた時には会場全体で一番の行列となっていて、今や次点であるピルツさんのブースと比べても一・五倍近い長さがある。いつの間にか、列整理のためのスタッフが増員されていたほどだ。

もはやどれほどのカレーライスを作ったかもわからない状態で、ツキネによる身体強化がなければとっくにへばっていただろう。

カレー鍋も三杯目が底をつき、予備に持ってきていた四杯目もまもなく空になる。

「……なんとか最後までやり抜かないと」

昨日までは予想だにしなかった展開に困惑しつつ、【味覚創造】を発動する。

万が一に備えて同じ味のルウを【作成済みリスト】に入れていたのだが、まさか使う羽目になるとは……

「ふぅ」

大量のルウを生み出したことによる魔力消費の感覚と共に、額に浮かんだ汗を拭う。

フェスの終了まで残り一時間と少し、それまで耐え抜けるかどうか……

「——こんにちは」

厳しい戦いになりそうだと思っていると、ふと聞き覚えのある声が背後から聞こえる。

振り向くとそこには、笑みを浮かべるグラノールさんとフレジェさんが並んで立っていた。

「グラノールさん！　フレジェさん！」

「とんでもない繁盛ですね」

「ええ、本当に驚きです」

後ろに伸びた行列を見ながら言う二人。

『美食の旅』のメンバー全員で来たようで、二人の後ろには副料理長のソルト君、料理長のシャリールさんらの姿も見える。

「皆さんで来てくれたんですね。わざわざありがとうございます」

フレジェさんが来るという話は聞いていたが、まさか全員で来るとは思わなかったので、驚きながら挨拶する。

「いえ、せっかくの機会ですからね。今期のフェスはレベルが高いので、心配していたのですが……」

「全くの杞憂《きゆう》だったようですね」

冗談めかすように笑うグラノールさんとフレジェさん。

「はは、昨日まではそんなに並んでなかったんですけど、今日になってから爆発的に増えまして」

「おや、そうでしたか。メグルさんの料理が皆に認められたのでしょう」

「今日は休日ですから、最初の二日で仕入れた情報をもとにお客さんが集まったのかもしれませんね」

「ええ。メグルさんの料理は一級品ですから」

「ありがとうございます」

人数分のカレーを用意しながら、グラノールさん達に礼を言う。

「でもそうか、だから……」

なぜ今日は最初から人が並ぶのか疑問だったが、フレジェさんの話でなんとなく腑《ふ》に落ちた気がする。

仕事等で休日にしか来られない人達が、フェス参加者達の口コミを聞いたのだろう。もちろん、だとしても多すぎるとは思うけど。

「——お待たせいたしました！　カレーライスです！」

「ほうほう、こちらが……」

完成したカレーライスをビアから受け取ったグラノールさんは、物珍しそうな顔で観察する。

「先日のビーフシチューに少し似ていますが、これまた風変わりな料理ですね……あまり話し込んでは後続の邪魔になりますし、また今度ゆっくり話をしましょう」

「大変かとは思いますが、最後まで頑張ってくださいね」

「頑張ります、ありがとうございます」

背を向ける一行に頭を下げ、次のお客さんの対応に移る俺達。

心身共にかなり疲弊《ひへい》していたが、思わぬ来客に頑張る力を貰った。

『最後尾はこちらになります！　『グルメの家』にお並びの皆様は——』

フェススタッフによるアナウンスを聞き流しながら、両頰を叩いて次の皿に取り掛かるのだった。

「はあ……死ぬかと思った」

まばらになって会場を出るお客さんを見ながら、ぐったりと壁にもたれかかる。

「ビア、フルール、ツキネもお疲れ様」

「うん……さすがに今日は疲れたね。お釣りの計算で頭がパンクしそうだったよ」

「ん。筋肉痛になりそう」

「キュキュ！」

ビアもぐったりした様子で呟き、体力のあるフルールにも珍しく疲れの色が見える。

唯一、ツキネだけは少し眠そうではあるものの、いつも通りの元気な姿だった。

「しかし、あんなにお客さんが来るとはな」

昨日の終わりにも健闘できたと思っていたが、そんなものとは比にならないレベルの恐ろしい混雑ぶりである。

後半は会場全体を巻き込むような勢いとなり、スタッフが制限をかけるほどだった。

とにかくカレーを作ることに集中し、あまりにもにも忙《せわ》しなく動いたため、正直最後の一時間くらいは記憶がない。

カレー鍋も数え切れぬほど底をつき、もしもツキネの魔力回復がなかったら絶対に最後まで持たなかった。

スキルによる効率化とゴリ押しでなんとか切り抜けたが、仮に初日や二日目から同じ状態になっていたらと思うとゾッとする。

「ふぅ、とりあえず片付けるか……って、ん？」

ビアが持ってきた気付《きつ》けポーションを呷《あお》り、撤収の準備を始めた時、こちらに向かうピルツさんの姿が目に入った。

「ピルツさん、どうしたんですか？」

「取り込み中のところすまないね」

ブースの前にやってきて、申し訳なさそうに言うピルツさん。

「今日の行列のすごさに驚いてさ。あの規模の行列は初めて見たよ。一体どんな料理を出しているのか気になったんだけど、途中で抜けて見に来るわけにもいかなくてね」

苦笑しながら頭を掻くと、コホンと咳払いする。

「それで本題なんだけど、できれば料理の味見をさせてほしいんだ。もちろん、無理にとは言わないんだけど……」

「大丈夫ですよ。お出しできます」

「本当かい？　ぜひ頼むよ！」

ぱぁっと表情を明るくし、布袋を取り出すピルツさん。

お金を取るつもりはなかったのだが、律義《りちぎ》に代金を払ってくれる。

「温めに少々お時間いただきますね」

「ああ、悪いね」

鍋底にスキルでルウを生成し、コンロの火を付けた俺は、いい塩梅になるまで掻き混ぜる。

「こんなもんかな」

死角で生み出したライスに熱々のルウを注いだ後、流れるような連携でビア達が料理を完成させた。

「お待たせしました」

「おお、ありがとう！　話には聞こえてたんだけど、本当に独特な見た目をしているね」

皿を受け取ったピルツさんは、「ふむふむ」と言いながら匂いを嗅《か》ぐ。

「すごく食欲をそそる匂いだ。じゃあ、立ったままで悪いけどここでひと口――」

スプーンでたっぷりのルウを掬い、おもむろに食べたピルツさんは、はっとしたように目を見開いた。

「これは……」

そう呟くとさらに一口、今度はルウとライスを一緒に食べ、目を瞑《つむ》りながら咀嚼《そしゃく》する。

「すごいね……！　本当に美味しいよ。行列になるのも納得の味だ」

柔らかい笑みを湛《たた》えながら、俺の目を見るピルツさん。

少年のような笑みの中に、心なしか大人びた色が浮かんでいる気がした。

九つ星の料理人として褒めてくれている感じがして、俺はなんだか嬉しくなる。

「ありがとうございます！　美味しいと言ってもらえて光栄です」

「こちらこそ、わざわざ作ってくれてありがとう。ここで食べるのもなんだし、残りは僕のブースに持ち帰るよ」

背を向けかけたピルツさんは、「ああ、それと」と立ち止まる。

「フィスク達に気を付けて。メグル君達を見てるみたいだから」

彼は『スキュラ』のブースを一瞥すると、「それじゃ」と手を振りながら立ち去っていく。

「……早いうちに片付けるか」

ピルツさんの背中に頭を下げた俺は、ビア達と協力して鍋類を片付ける。

ブースの片付けを終えた後も、余った木皿の返却やスタッフへの挨拶をしなければいけない。

ピルツさんの言うように『スキュラ』の面々から睨まれているような気がするし、絡まれる前に帰ったほうがよさそうだ。

「帰るまでが新店フェス……ってな」

疲れ切った影響だろうか、そんなくだらないことを呟きながら、俺は片付けを急ぐのだった。

閑話　新店フェス（裏）

（今回のフェスは本当に異様ね……）

新店フェスの最終日。

犬耳と尻尾を生やした獣人族の女性キャネルは、会場前の行列に並んで汗を拭う。

まだ二十歳かそこらに見えるが、人よりも長命な獣人族であり、それなりの人生経験を積んできたキャネル。

特に新店フェスについては他人より詳しい自信があり、子供の頃からかれこれ三十年以上、計六十回ものフェスに全て参加してきた。

そんな〝事情通〟のキャネルの目から見ても、今年の新店フェスは異様である。

『絢爛』の二つ名を持つ九つ星料理人ピルツや、若き頃よりその才能を知られるフィスク、その他多くの高ランク料理人達が出店し、例年のフェスとは比にならないハイレベルな戦いなのだ。

事実、巷《ちまた》でも『今期のフェスはすごい』と話題になっており、入場だけでも一時間待ちはくだらない。

休日と被る最終日には、普段フェスに行かない人達まで来ているため、さらにその二、三倍待つ必要がある。念のためにと持ってきていた水筒の水をちびちび飲み、空になる頃にようやく入場できた。

（はあ……これまでの中でも一、二位を争う混雑だわ）

人ごみを掻き分けたキャネルは、ブース案内の看板をチェックする。

今日訪問を予定していた店は全部で三店。

そのうち二店はそれぞれ六つ星と七つ星の料理人が開いた区内の店であるが、残り一店は区外に店を構えている。

参加店がギルドから発表された際、『ハイレベルな今期に区外店とは……』と同情していたキャネルだったが、この二日の噂を聞く限り、どうもただの区外店ではないようなのだ。

圧倒的不利な状況下でも着実に行列を伸ばし、リピート客も増えているようだった。

ライスにドロドロの液体をかけた不思議な料理はキャネルも目にしたが、それを食べた客の反応はどれも劇的で、一心不乱に食らい付く様《さま》を不思議に思ったものだ。

二日目が終わる頃には客の間でも話題の店となっていて、キャネル自身も友人から「絶対行くべき！」と勧められた。

「う……なんて行列なの」

まずは件《くだん》の区外店――『グルメの家』に行こうとした矢先、遠目に見えた大行列に足を止めるキャネル。

（思った以上に話が広まってるみたいね……）

休日の前夜は酒場に出かける人も多く、大勢の前でフェスの話をすることもある。

おそらくそこで店の話が広まったのだろうと彼女は推測した。

また、ほとんどの客が真っ先に向かうのはピルツとフィスクの店なので、既にそれらを消化した客が流れてきた影響も見て取れる。

（これ以上行列が伸びてはたまらないわ！）

ちょうど今も他の店に向かおうとしていた客が、『グルメの家』の行列に興味を持ち行き先を変更したところだった。

店を指さす野次馬達を見たキャネルは、慌てて『グルメの家』へと走り出した。


（さて、一体どんな味がするのかしら？）

行列の最後尾に並んだキャネルは、顎に手をやって考える。

この店の料理を食べた客の反応からしても、おすすめしてくれた友人の様子からしても、相当レベルが高い料理なのは明白である。

「全店中で一番美味い」という友人の言葉はさすがに大げさに思うが、期待しても損はない程度の何かがあるはずだと思う。

（一位は圧倒的にピルツさんのとこでしょうけど……）

二日前に食べた料理を思い出しながら、かすかに口角を上げるキャネル。

ピルツの作る料理は『絢爛』の二つ名が示す通り、どれも美しく華やかなことで有名だ。

その華やかさは見た目だけに留まらず、幾層《いくそう》もの味と香りが口内で鮮やかに広がる。

全ての食材を一つにまとめ上げるのではなく、複数の味をあえて別々に配置することで、めまぐるしくも繊細な味の遷移《せんい》を楽しめるのだ。

他の料理人が真似しても散らかった味になるだけなので、ピルツの持つ何かしらのスキルの影響だろうと言われている。

今回の新店フェスで彼が出したのは、山と海の幸を組み合わせた渾身《こんしん》の看板料理《スペシャリテ》。

ピルツの独自の世界観が遺憾《いかん》なく発揮され、織物のように華やかな味をキャネルは堪能した。

(次点はやっぱりフィスクさんの店かしら)

そして、ピルツの料理には及ばないものの、前評判から二位につけていた『スキュラ』の料理も素晴らしい。

調理が難しいとされる鹿の魔物、レッドディアの肉を最高の焼き加減に仕上げ、肉汁から作るオリジナルソースを纏《まと》わせた一品だ。

これだけでも文句なしの美味さだが、特筆すべきはその調理パフォーマンス。至るところに魔法を取り入れ、アクロバティックに調理していく。

視覚でも楽しめるパフォーマンスはフェスとの相性も抜群に良く、彼のブースは常に歓声で溢れている。

その点で他の高ランク店を上回っており、得票数も二位だろうとキャネルは考えていた。

（それにしても、このブースは回転が速いわね……）

相当な待ち時間を覚悟していたキャネルだったが、想像の数倍のペースで進む列に驚かされる。

気付けばカウンターは目と鼻の先で、すぐに彼女の順番が回ってきた。

「お次のお客様！　ご注文をどうぞ！」

「ええと、このカレーライス？　を一つお願いするわ」

「お一つですね。四百パストになります！」

（お手頃な価格ね……）

店員に銅貨四枚を渡し、料理の完成を待つキャネル。

流れるような連携で盛り付けが行われ、ものの十数秒でカレーライスが出来上がった。

「お待たせしました！　カレーライスです！」

「ありがとう……早いのね」

木皿を受け取ったキャネルは、テーブルの置いてある飲食エリアへ向かう。

空席を見つけるのが困難なほどに混み合っており、スタッフが急遽《きゅうきょ》テーブルを追加している状態だ。

偶然空いた席に滑りこむように座ったキャネルは、テーブルに置いたカレーライスを観察する。

（こうして見ると、やっぱり変わった料理ね……）

蒸したライスの隣に溜まる、茶色くとろみのあるソース。

その傍らにちょこんと盛られた、何らかの野菜のトッピング。

キャネルは自らの記憶を探るも、そのような料理には覚えがない。

（匂いは……とてもいいのよね）

種族特性上鼻が利くキャネルは、強烈に食欲をそそる香りに唾を呑む。

「うめえ！　なんだこれ!!」

「ほんとだ、美味すぎる!!」

ふと聞こえてきた声に横を見ると、冒険者風の二人組がカレーライスに舌鼓《したつづみ》を打っているところだった。

（お隣さんもカレーライスなのね。それじゃあ私も、冷めないうちに――）

スプーンを手に取ったキャネルは、恐る恐るソース部分を口にする。

「………っ!?」

瞬間、電撃が走ったように動きを止めた。

（なにこれ!?）

驚きに目を見開くキャネルだが、一口では味の全容が掴めない。すばやくスプーンを動かして、もう一度ソースを口に運んだ。

（美味しい……!!　初めて食べる味だけど、信じられないくらい美味しいわ!!）

口に入れた瞬間にふわっと広がるスパイスの香りと、芯《しん》から味覚を揺らすような圧倒的旨味。

どこまでもまろやかで深みのある味わいが舌から喉まで染みわたり、すぐに次の一口を催促する。

また、ほんの少しだけ感じる辛味も良いアクセントになっていた。

コクのあるソースとピリ辛の組み合わせには、名状しがたい中毒性がある。

（一体どんな食材を使えば、こんな味が作れるっていうの……？）

衝撃的な美味さに震えるキャネルは、まだ手をつけていないライスを掬う。

（これはさすがに普通のライスかしら……）

そう思いつつ口にしたキャネルは、またもその味に驚かされた。

（甘い！　甘いわ!!　ライス単体でこんなに美味しくなるものなの!?）

心地よい穀物の香りと共に、ほんのりと上品な甘さを感じる。

噛めば噛むほど広がる甘さで、呑み込んだあとは雪解けのように消えていく。

（そうだった、これは……）

そしてその直後、この料理の名称がカレー〝ライス〟であることを思い出したキャネル。

茶色いソースをライスに纏わせ、一体となったそれを口に運ぶと、満面の笑みを顔に浮かべた。

（ああ、これだわ……！　これこそ至高の組み合わせよ!!　ライスがあって初めて、このソースは完成するのね!!）

ソースが持つ濃厚な旨味と、ライス特有の穀物の風味、ほんのりと粘り気のある食感が融合し、さらに味わいの次元が引き上がる。

それぞれの具材もソースの旨味がじんわり染みており、特に熟成された魔物肉が上品なライスと抜群に合う。

周りの声も入らないほど夢中になり、キャネルは料理を食べ進めた。

（――そういえば、これは何の野菜なのかしら）

およそ半分を食べたところで、トッピングの存在を忘れていたことに気付く。

特段意識もせず、流れ作業的にそれを食べたキャネルは、思った以上に爽やかな味に目を見開いた。

（少し酸味があるけど、それが逆にいいわね！）

異世界人のキャネルは知らないが、このトッピング――福神漬けは通常の物と少し違う。

濃厚で甘味のあるルウは重めに感じる恐れがあるので、甘さ控えめで酸味を強めた福神漬けとなっている。

一般的な甘い福神漬けというよりは、辛味を抑えたアチャール（南アジアの漬物）のイメージに近い。

（食べる手が止まらない……なんて恐ろしいバランスなの）

ルウとライス、トッピングを交互に食べながら、緻密《ちみつ》な計算に畏敬《いけい》の念を抱くキャネル。

ピルツの料理が乱れ咲く花々だとするならば、この料理はまさに一輪の大花《たいか》。あるいは、天を突く大木のようにも感じられた。

力強く、繊細で、付け入る隙のない逸品――その恐るべき完成度と、これだけの料理を区外の新店が出したという事実に鳥肌を立てながら、最後のソース一滴まで完食する。

（まだ行列が伸びているようだけれど、今となっては納得ね……これだけの物が食べられるのだから）

なぜ友人が熱心に勧めたのか、なぜリピート客が続出するのか。

今のキャネルにはそれが当然のことだとわかる。

（ああ……初日から行っておけばよかった）

今日まで人気が爆発しなかったのは、この味を独占したい客達があえて黙っていたからではないか――そんな考えがよぎった自分に苦笑しながら、キャネルは静かに席を立つ。

（今日はこのまま帰りましょう）

中央に設置された返却ボックスに木皿を入れ、会場の出口に向かうキャネル。

本来はあと二店回る予定だったが、口内の幸せな余韻を壊したくはなかった。

出口横で『グルメの家』への一票を入れた彼女は、満ち足りた表情を浮かべて帰路に就いた。

第十五話　結果と号外

「キュキュ！　キュキュッ!!」

「んー……よく寝たな」

怒涛の如く過ぎていったフェスの翌朝。

ツキネの鳴き声で目覚めた俺は、窓から外の様子を見る。

「昨日の大行列が嘘《うそ》みたいだ……」

今日は店を閉めており、事前にギルドにも伝えてあるので、店前に並ぶ人はいない。

しばらく平和な通りを眺めていると、ツキネが足を小突いてくる。

「キュウ!!」

「はは、わかってるって。すぐ作るよ」

ツキネを連れてリビングに移動し、作った油揚げを皿に盛る。

「キュウ♪」

「相変わらず好きだなぁ」

いつも通り皿に飛び込む姿に笑う。

それから自分用のパン・オ・ショコラとコーヒーを作って食べていると、ビアとフルールが部屋から出てきた。

「メグルー、おはよう」

「ん。おはよう」

「ああ、二人ともおはよう」

二人にリビングで待っていてもらい、追加の朝食を作る。

「――ところでさ、結果は今日見に行くの？」

全員が朝食を終えた後、ふとビアが切り出した。

「んー……そうだな」

新店フェスの投票結果は最終日の翌日、つまり今日貼り出される。

集計のための魔法装置にトラブルがなければ、午前中に貼られる予定ということだ。

「今日行っとくか。気になるし」

無理に行かずとも数日間は貼り出されるし、どのみちお客さんからの情報が入るだろうが、昨日の行列の結果がどう影響したのか気になる。

「いいね！」

「ん。気になる」

ビアとフルールも気になっていたようなので、皆で見に行こうという話になった。

「でも、今行くと混んでそうだよね？」

「たしかに。午後まで待って行くか」

そんなわけで、午後の出発が決定する。

各々で自由に過ごすこと数時間、『グルメの家』の扉前に集合した。

「――本当にこれで行くのか？」

「もちろん！　似合ってるから大丈夫だって」

「ん、いつもと違って新鮮」

頭を気にして触る俺に、問題ないと答える二人。

午前中にビアが買ってきた帽子を被っているのだが、頭全体を覆う大胆なデザインなので落ち着かない。

まあ、ビアの言うこともわかるけど……

昨日の大行列により、俺達の顔は結構な人達に見られている。特に俺の黒髪黒目は珍しいため、投票結果を見に来たフェス参加者にバレるのではないかと言うのだ。

自意識過剰な気がして少し恥ずかしいが、万が一声をかけられ、注目を浴びても面倒だ。

フェス空けの休日くらいはゆっくり過ごしたいので、帽子くらいならとビアの意見に従った。

ちなみに、ビアとフルールがきっかけでバレないよう、彼女達も同じく帽子を被って変装している。ツキネもリュックで休ませているので、周りにバレる心配はない。

「よし、行こうか」

店を出発した俺達は、結果が貼られた中央広場を目指して歩く。魔法掲示板で知られるエッセン最大の広場だ。

「メグルは何位だと思う？　ボクは一位もありえると思うんだけど」

「んー、上位五店に入れれば御の字ってところかな……」

ビアの質問に腕組みしながら答える俺。

昨日の大行列があるとはいえ、票の集計は三日間のトータルで行われる。

平均して大勢が並んでいたピルツさんの『彩園』は言わずもがな、初日から安定して人気だったその他の店も侮《あなど》れない。

「それに、投票できるのは一人三票までだろ？　仮に俺達の店を気に入ってくれたとして、既に持ち票がなかった可能性もあるし」

「たしかにそうかも」

一位が獲れるかもと興奮していたビアだったが、俺の話にむむっと顔を曇らせる。

「ん、私もそう思う。フィスクの店も行列はすごかった」

フルールも俺の意見に賛同しているようだ。

彼女の言うように、向かいの『スキュラ』も常に混んでいる印象だった。

いけ好かない奴ではあるが、遠目からでもわかるパフォーマンスには実力を感じた。

「まあ、変に期待しすぎないほうがいいからな。結果はどうあれ、フェスに出てよかったと思ってるし」

俺はそう言いながら、フェスの三日間を思い出す。

勝つことだけが目的ではないし、最後まで真摯にやり抜けたことが大切なのだ。

結果的にはたくさんの人が来てくれたわけで、その事実だけでもフェスに参加した意味はある。

そんなことを考えていると、広場へ向かう曲がり角に差し掛かった。

「結構混んでるな……」

角を曲がった先に、遠くからでもわかる規模の人ごみができている。魔法掲示板横のボードに集まっているので、フェスの結果を見に来た人達で間違いない。

午後になれば人も減るだろうと思っていたが、見通しが甘かったようだ。

人ごみの間を縫《ぬ》って進み、なんとかボードに辿り着く。

さて、結果は――

反射的に目を向けた一位にあるのは、ピルツさんの『彩園』。

「そりゃそうだよな……って、おお！」

納得しながら二位の店に視線を落とすと、そこにあったのはまさかの『グルメの家』。三位であるフィスクさんの店を、僅差《きんさ》の票数で上回っている。

これはすごい健闘なんじゃないのか？

三位になる可能性は少し考えていたが、フィスクさんに勝てるとはさすがに思わなかった。

「良かったね！　メグル」

「ん。大健闘」

隣の二人も小声で言い、小さくガッツポーズしている。

ただ、ビアは一位を諦めていなかったのか、喜びつつもちょっとだけ残念そうだ。

「はは、ありがとう」

まあ俺自身、もしかしたら……って思いはあったのかもしれないけど、これを見るとな……

俺は苦笑しながら、改めてボードを見上げる。

二位と三位は本当にわずかな差だが、一位と二位の間には歴然たる票数の差があった。

四位以下もある程度票数が取れているし、ざっくり言えば〝一位とそれ以外〟という構図だ。

九つ星の料理人はさすがに格が違うので、ここはあの嫌味なフィスクさんに勝てたことを喜ぶべきだろう。

「結果も確認できたし帰ろうか」

ビア達にそう言って、人ごみを抜けようとした時――

「号外だ！　号外が出たぞ!!」

ギルドのある方向から大きな声が聞こえてくる。

「……号外？」

「何かあったのかな？」

張り上げられた声に耳を傾けると、どうやら新店フェス関連の記事らしい。

「行ってみよう」

何があったのか気になった俺達は、騒動の発生源へと向かう。

そうしてギルドの前に到着すると、たくさんの人達がビラを手に持っていた。

「ギルド内でも配ってるみたいだよ！」

走り出したビアに続いて中に入ると、ビラの束を持った職員が外に出ようとしているところだった。彼から一枚のビラを貰った俺達は、空いている壁際に移動して内容を確認する。

「な……!?」

ビラに書かれていたのは、ピルツさんに贈《おく》られるメダルについての話。

新店フェスで一位を獲得した店に贈られる栄誉あるメダルの受け取りを、彼が拒否したという話だった。

「受け取りを拒否って……」

驚きながらも読み進めた俺は、その先に書かれていた内容に目を剥《む》く。

「は!?」

一瞬頭がフリーズし、引っかかった部分をもう一度読む。

『僕はメダルにふさわしくない。知名度の差で勝てたけど、「グルメの家」のメグル君のほうが上《うわ》手《て》だった――』

記事にはピルツさんが話した言葉として、たしかにそう書かれている。

俺の作った『カレーライス』のほうが、自身の料理よりも上だった、と。

「まさか、あの時の……」

たしかにフェスの最後、カレーライスを食べてもらったが、そんな風に感じていたなんて思ってもみなかった。

「ピルツが自分より上だと認めたのか？」

「実質『グルメの家』が優勝ってことか」

「『グルメの家』って区外の店だったよな？　そんなに美味かったのか？」

「ああ!!　昨日食べたけどめちゃくちゃ美味かったぜ！」

「――周りが盛り上がってきたな」

ギルド内のあちこちでそうした会話が上がり、どんどん熱を帯びている。

一旦この場から退散したほうがよさそうだな……

区外店で二位を獲っただけでも注目されそうなのに、この号外によってますます注目を浴びそうだ。

「これは予想外だね……」

「ん。びっくり……」

ビア達もビラの内容に面食らったようで、盛り上がるギルド内を見回している。

「二人とも、とりあえずここを出て――」

まずは外に移動しようと思い、動き出した瞬間。

ビラを配り終えたのか、ちょうど戻ってきた職員とぶつかった。

「あ、すみません」

謝罪しながらずれた帽子を戻そうとした俺は、誤って帽子を落としてしまう。

「やばっ！」

しまった!!

慌てて帽子を拾って被るが、後の祭りである。

運悪くこちらを見ていた男性達と、ばっちり目が合ってしまった。

「ん？　おい、今のって……」

「ああ、見覚えがあるぞ！　『グルメの家』の料理人だ！　昨日の今日だから間違いない!!」

「よく見たら隣のドワーフの子達も店のメンバーだぞ！」

「おいおい、タイムリーだな!!」

彼らの声は喧噪《けんそう》の中でもよく通り、他の人達も反応する。

あー……やっちまった。

一斉に集まった皆の視線に固まりながら、帽子のつばを指で掻く。

これ以上注目を浴びる前に逃げるべきかと逡巡《しゅんじゅん》していると、先ほどぶつかった職員が声をかけてくる。

「あの……もしかして、『グルメの家』のメグル様ですか？」

「ええと、その……まあ……はい」

尻すぼみな感じで答えると、「ちょうど良かったです！」と彼は手を叩く。

「実はウチのギルドマスターが話をしたいと言っておりまして。メグル様たちの都合がよろしければ、ぜひご案内したいのですが……」

まじで!?　ナイスタイミング!!

状況を脱する救いの一手に感謝する。

迷うことなく「行きます！」と返答し、上階へ案内されるのだった。


「――まもなくギルドマスター室となります」

職員によるフロア説明を受けながら、俺達は階段を上っていく。

これまでに何度かギルマス室に行く機会はあったが、料理人ギルド本部では初めてのことだ。

ギルマス室があるのは建物の最上階――四階の一室だそうで、これまでの支部に比べて二倍の高さがある。

さすが総本山といったところだが、各フロアの広さと用途もまたすごい。

三階は主にギルマス会議やその他業務関連で使用するフロアとのことだが、二階はまるごとキッチンスペースとなっており、一般の料理人も使用可能だ。

ギルド会員なら無料で利用できるので、常に満員状態だと職員は言っていた。

「――事情を話してまいりますので、少々お待ちください」

四階のギルマス室に到着すると、そう言い残した職員がドアをノックして中に消える。

その後十秒ほどでドアが開き、手招きされるままに入ると、巨大なガラス窓を背に料理人ギルド本部の長――リチェッタさんが立っていた。

彼女と会うのは、開店の手続きをしに来た時以来か。

「久しぶりね、メグル君。良いタイミングで来てくれたわ」

「お久しぶりです、リチェッタさん……それで、そちらの方は？」

リチェッタさんの隣に立つ知らない男性を見て尋ねる。

「初めまして。副ギルマスのミネストラと申します」

頭を下げて言うと、簡単な自己紹介をするミネストラさん。

新店フェスの責任者を務めていたそうで、会場の手配をはじめとした諸々の準備をしてくれたらしい。

「以後お見知りおきを」

「こちらこそ、よろしくお願いします」

ミネストラさんと握手を交わした俺は、二人にビアとフルールを紹介する。

「二人ともよろしくね。ところで、狐ちゃんはいないのかしら？」

「ああ、ツキネならリュックの中で寝ています」

「そう、残念ね……」

ふっと微笑み、豪華なソファーに移動したリチェッタさんは、俺達に掛けるよう促す。

「それで……号外の件は耳に入ってる？」

「ええ、つい先ほど。ピルツさんの件ですよね」

「そうよ。あなた達の活躍には期待していたけれど、こんな結果になるなんてね。さすがに驚かされたわ」

リチェッタさんは「はぁ」と息を吐いて言う。

「ええ、全くです」

それに頷いたミネストラさんが、彼女の言葉を継ぐように口を開いた。

「史上稀《まれ》に見るハイレベルな新店フェスの中、唯一の区外店でありながら二位獲得という異例の功績……また、あのピルツさんにお墨付きを貰うほどの実力……驚きを禁じえません」

「それで、私とミネストラで相談した結果、メグル君をランクアップさせようという話になったの」

「ランクアップですか？」

「ええ。元々、二位の獲得時点で星一つ上げる予定だったのだけれど……ピルツ君に上手《うわて》と言わしめた実力を勘案《かんあん》して、二つ分上げることにしたわ。ギルドカードを出してもらえる？」

「ええと、はい……」

カードを取り出してリチェッタさんに渡すと、ミネストラさんが運んできた装置で昇格の手続きを行う。

一分足らずで更新作業は終了し、俺はあっさりと七つ星に昇格した。

「また二ランクアップ……」

コンテストの時もそうだったが、どんどん上がる星数に実感が湧かない。

カードに刻まれた星マークを指で数えていると、リチェッタさんが再び口を開く。

「それと、念のため確認しておきたいのだけれど、ピルツ君の代わりにメダルを受け取るつもりはないわよね？」

「俺が代わりにですか？」

「ええ。彼はメグル君のほうが上だと言っているし、事実最終日の成績で言えば『グルメの家』が一番だったわ。一位のピルツ君からスライドする形でメダルを与える案もギルドの中で出ているの」

「それはありがたい話ですけど……受け取りは遠慮しておきます」

どのような事情があれ、最多票数を得たのはピルツさんであり俺ではない。

背後に不正があるのならばまだしも、ピルツさんは自身が築いたキャリアと実力で堂々と一位を勝ち獲ったのだ。

「提案を蹴る形になりすみません……」

「メグル君が謝る必要はないわ。きっと断るだろうと思っていたし。こちらこそ変な提案をして悪かったわね」

リチェッタさんはパンと手を叩き、「これでフェスの話は終わりよ」と言う。

「では、私はこれにて──」

仕事があるというミネストラさんが退室し、一人対面に残ったリチェッタさんは、妖艶な笑みを浮かべて俺の目を見た。

「──それでもう一つ、メグル君に訊きたいことがあるのだけれど……いいかしら？」

第十六話　リチェッタの問いかけ

「俺に訊きたいことですか？」

他に何かあったかと思いつつ、俺は彼女に訊き返す。

「身構えなくても、そんなに大したことじゃないわ。ただ、あなたの店──『グルメの家』について、移転するつもりはないか訊きたかっただけ」

「移転ですか……」

思わぬ質問内容に、俺は言葉を詰まらせる。

ビアとフルールも興味があるのか、俺達の様子を黙って見ていた。

「そうですね……もちろん、ずっと今の場所にいようとは思いません。ただ正直なところ、移転については深く考えていませんでした。まだ店を開いたばかりなので……」

『グルメの家』を開店してから、まだ二カ月弱。ここしばらくはフェスの準備にも追われていたし、店の将来を考える時間は少なかった。

けど、リチェッタさんの言いたいことはわかったぞ……

「そうよね」と頷くリチェッタさんに、今度はこちらから質問する。

「移転について尋ねたのは、フェスの結果を受けてのことですか？」

「理解が早くて助かるわ。その通りよ。単刀直入に言わせてもらえば、『グルメの家』を移転してほしいの」

リチェッタさんはそう言って、移転を望む理由を話し出す。

「今回の新店フェスで、メグル君たちは私達ギルドの想像を超える好成績を残したわ。全体で二位という成績に加えて、ピルツ君が太鼓判《たいこばん》を押したんだもの。そしてその事実は、王都民達にも広く知られることになるわ。一躍有名店の仲間入りね」

クスリと笑い、話を続けるリチェッタさん。

「メグル君のランクも七つ星になったことだし、料理人の格も店の知名度も、区外店としては規格外。ギルドとしても、個人的にも、より適正な場所に移転してほしいわけ。もちろん、メグル君の意思を尊重するけどね」

「より適正な場所、ですか」

「ええ。コンテストの時からあなたには期待していたけれど、今回のフェスでその思いは強くなったわ。『グルメの家』の移転は、王都の料理人達にとっても良い刺激になると思うの。中心部には腕利きの料理人が多いから、メグル君にとっても良い刺激になるはずよ」

「なるほど……」

一理あるなと頷いていると、「それに」と彼女は続ける。

「これは個人的な意見だけれど、このまま区外に留まり続けると、周辺店のやっかみを受ける恐れがあるわ。区外の店は、そのほとんどが低ランクの料理人だから。格差からの軋轢《あつれき》が生まれてもおかしくないはずよ」

「たしかに……それはあるかもしれませんね」

食への評価と序列が厳格で、実力者は中心に店を構えるのが半ば不文律となっている街だ。

フェスの後もずっと店を構えるのはトラブルの原因になりうるし、駆け出し料理人の店からは邪魔に思われても仕方ない。

「さっきも言ったように、あくまでもメグル君の意思を尊重するつもりよ。無理強いはしないから安心して」

考え込む俺に言ったリチェッタさんは、「話は終わりよ」と席を立つ。

「時間をとらせて悪かったわね。メグル君達のほうでも、ぜひゆっくり考えてみて」

そう言って笑うと、手招きして部屋を出るリチェッタさん。

「今出て行くと号外の影響があるでしょう？　裏口まで送って行くわ」

「ありがとうございます」

一階の裏口まで案内してもらい、扉を開けた俺達は、迂回して表の路地に向かう。

いつも歩く大通りに合流し、人々の密集地帯を抜けた後、大人しくしていたビアが口を開いた。

「リチェッタさんはああ言ってたけど、メグル的にはどう考えてるの？」

「んー、そうだな……今の場所にずっと店を構えるつもりでもなかったし、考えてもいいかなとは思うよ。ただ……」

俺はそう言って、ボード前の人だかりを振り返る。

「ただ？」

「いや、とりあえず今は明日のことが気になってさ。フェスの結果から考えると、かなりのお客さんが来そうだろう？」

「あ、たしかに……！　さばけない数が来ちゃったら大変だもんね」

「ん。大変なことになる」

「そう。それを懸念してるんだ」

フェスへの出店を決めた時点で覚悟はしていたが、想定の数倍の注目を浴びてしまった。どれくらいの影響が出るかは未知数だ。

最近の『グルメの家』は通常時でも満席になることがあるため、明日の営業への不安が募《つの》る。

「案外注目だけ浴びて、実際に来る人はあまり増えないとかだったらいいんだけど……」

立地的にも中心部からは距離があるし、営業時間も短くなっている。〝興味はあってても訪問はしない人〟が意外に多く、小規模な行列で収まる可能性もなくはない。

「まあ、考えたところでお客さんの数は変わらないんだけど」

俺は笑って言うと、行列ができた場合の対策をビア達と練りはじめる。

そして翌日以降、案の定できた大行列に苦労することになるのだった。


「――メグル、表の様子見てくるね！」

「悪いな、頼んだ」

ビアが厨房から出て行った後、作った料理を自らホールに運ぶ俺。

「すみません、注文いいですか？」

「はい、大丈夫ですよ」

配膳を終えると別のお客さんから声をかけられので、注文を聞いてメモを取る。

「すぐに料理をご用意しますね」

急ぎ厨房に戻った俺は、皿を洗浄機にかけるフルールを手伝い、先ほどの注文を作製する。

「キュウ！」

「おお、ツキネ！　ありがとう」

完成した料理をフルールに装飾してもらっていると、注文票を咥えたツキネが厨房にやってきた。

「フルール、これも装飾頼む」

「ん、任せて」

新たに作ったサラダをフルールに装飾してもらい、その間にドリンクの作製へ。

装飾されたサラダを受け取り、ドリンクをフルールに渡すと、ビアが厨房に戻ってきた。

「お待たせ！」

「ビア、表はどうだった？」

「十五人くらい並んでたから、最後尾のお客さんで締め切ってきた」

「了解。助かるよ」

礼を言うと、親指を立てて笑うビア。

「ボクが持ってくよ！」

装飾が終わったサラダとドリンクを持った彼女は、俺にテーブル番号を聞き、ホールの外へ駆けていく。

「ふぅ……なんとか回せてるな」

俺はぼそりと呟いて、メイン料理の作製に取り掛かる。

フェスが明けて早一週間、急増したお客さんの相手は多忙を極めるが、少しずつやり方を変えることでギリギリ対応できている。

「最初はさんざんだったけど、なんとか形にはなってよかった……」

二位の票数と号外の反響はすさまじく、フェス明け初日は完全にキャパオーバーだった。

事前に練った行列対策も不完全で、お客さんがどんどん増えていく。

慌てて受付を締め切って事なきを得たが、営業時間が大幅に延びてしまい、魔力もずいぶんと消耗した。

見通しの甘さを悔いた俺達は、より効率の良い行列対策を練ることにした。

先日訪れた『老犬亭』のような記帳制も考えたが、今の従業員数では管理が難しいため、相席にすることで席数をフルに活用。

行列の確認や相席の説明でビアが出て行くこともあるため、その間は俺も配膳する等、個々の役割も状況に応じて変えている。接客担当が不在の際は、メニューを書いた注文票をツキネに渡すことも可能だ。

また、営業時間の終了が近づくと、最後尾のお客さんで受付を締め切り、店の前にその旨を記した看板を立てる。

気付かずに並ぶ人には最後尾の方から伝えてもらうようお願いし、協力のお礼に日替わりジェラートをサービスする。

来てくれた人全てを店に入れることはできないが、混雑時の回転率は飛躍的に向上し、無駄に並ばせてしまう問題も解決した。

忙しいことに変わりはないが、しばらくはこのやり方でしのげそうだ。

「――メグル、最後の注文入ったよ！」

「了解。サービスのジェラートは食後で大丈夫？」

「うん、食後って言ってた！」

「オーケー」

俺はそう返答し、本日最後の注文票を確認する。

「最後のメインは……やっぱりカレーか」

フェス明けの営業からメニューに追加した『カレーライス』。

フェスで出していたカレーライスとは違い、一皿ずつスキルで作製するものだ。味もより繊細に調整しているので、他のメニューに比べても遜色《そんしょく》ない。

「こっちでもカレーは人気だな」

今日だけでもう何度目かわからないカレー作製に苦笑しつつ、俺はスキルウィンドウを開く。

容易に予想できたことではあるが、新規客の九割はカレーライスを注文する。

フェスの影響から〝グルメの店＝カレーライス〟のイメージが広まっているし、ピルツさんを唸らせた料理としても噂になっているからだ。

お客さん全体で見ても七割がカレーを頼むため、ここ一週間は〝半カレー屋状態〟が続いている。

カレー以外を頼むお客さんも増えているため構わないが、それでもなんだか別の店になったような感覚だ。

「――よし、終了っと」

出来上がったカレーをビアに渡した俺は、ぐっと伸びをして息を吐く。

「……皆喜んでくれてるかな？」

ふと気になってホールの様子を見に行くと、頬を緩ませてカレーを食べるお客さん達の姿があった。

それを見て口角が上がった俺は、使用済みの皿を洗うべく厨房へ引き返した。

そしてその日の夕方のこと、フレジェさんが久しぶりの砂糖取引にやってきた。

キッチンで砂糖を作った俺は、手早く袋に詰めて持って行く。

「お待たせしました。気持ち多めに用意したので、しばらくはもつと思います」

「ありがとうございます」

代金を支払い、魔法袋に砂糖をしまうフレジェさん。

「それと、少し間が空いてしまいましたが、先日のフェスでいただいた『カレーライス』もごちそうさまでした。これまでに食べたことのない味で、楽しませていただきました。まだ新しい引き出しがあるのかと、オーナーも驚いていましたよ」

「はは、それはよかったです」

「結果のほうもさすがメグルさんだと言っていました。かく言う私も、号外を見た時は本当に驚いたものです」

新店フェスで『グルメの家』が残した成績、とりわけピルツさんの言葉に関しては、上位店の間でも話題のようだ。

フレジェさんと交流のある高ランク料理人達も、例外なく驚いていたとのこと。

「記者の方も来たのではないですか？」

「ああ、そうですね……」

フレジェさんの問いかけに、俺は頭を掻いて苦笑する。

ここ数日、ピルツさんの件や俺の素性について聞き出すために何度か記者が訪れていた。

取材は一律で断っているが、各方面に影響が出ていると実感したものだ。

「しばらくは大変でしょうし、何かあればご相談くださいね」

「ありがとうございます」

フレジェさんの背中を見送った俺は、店の看板を一人見上げる。

「移転、か……」

さすがに早すぎる気もするが、フェスの反響があまりに大きく、人が殺到しているのは事実。

周辺店とのトラブルを避けるため、詫《わ》びの挨拶を入れてはいるが、リチェッタさんが言うようにやっかみを受けてもおかしくない。

それに、現状はなんとか回っているが、常にギリギリの状態というのも考えものだ。

いずれ限界が来るのであれば休養を挟むのが賢明だし、そういう意味でも移転案は悪くないだろう。

「真剣に考えるべきかな……」

そう呟いて目を向けた上空では、青と赤の綺麗なグラデーションができていた。

閑話　新風を吹かせる者

新店フェスがその幕を閉じ、数日が経ったとある夜。

グルメ特区に店を構える人気店『ノーチェ』を訪問したピルツは、自らの師匠でもある十三つ星料理人――アメイシャとテーブルを挟んでいた。

「新店フェス、一位獲得おめでとう……といった雰囲気じゃなさそうだね」

長髪を後ろで結ったハーフエルフの彼女は、悪戯《いたずら》な笑みを浮かべて言う。

「からかわないでくださいよ、師匠」

ひと月ぶりに再会した師匠の変わらない態度に苦笑しながら、ワインを一気に飲み干すピルツ。

「ずいぶんとご傷心のようだけど、そんなにすごかったのかい？　〝彼〟の料理は」

「はあ……まったく参りましたよ」

ピルツは盛大な溜め息をつき、先日食べた『カレーライス』を脳裏に浮かべる。

見たことのない不思議なデザインと、味わったことのない風味。そして何より、その驚くべき美味しさと完成度。

一口目を食べた時に立った鳥肌を、今もピルツは鮮明に覚えていた。

「あれほど唯一無二と思える料理は、滅多に食べられる代物じゃありません。恥ずかしながら、僕にはその材料も製法も見当がつきませんでした……」

「へえ、君にそこまで言わせるなんてね。メグル君、だったっけ？　彼は何者なんだろう」

十三の星を持つ超一流のアメイシャからしても、元弟子のピルツの才覚は突出して見える。いずれ自分に並び立つだけのポテンシャルがあるとも思っていた。

そんなピルツが潔《いさぎよ》く負けを認める料理人に、彼女は強い興味を惹かれた。

「何者なのかはわかりませんが、只者でないことは確かです。ただ、先日ふと思い出したのですが、彼の風貌は――」

黒髪黒目という外見をピルツが伝えると、アメイシャは「む」と目を細める。

「……グーテ料理コンテスト」

「ええ。少し前に話題になった、史上初の満点優勝者。噂によるとその人物も黒髪で、黒っぽい瞳をしていたという話です」

「おそらく同一人物だろうね」

「ほぼ間違いないと思います」

巷《ちまた》では〝謎の料理人〟と呼ばれている人物だが、それはメグルのことなのだろうとピルツはすぐに思い当たった。

コンテスト前から開店準備を進めていたと考えれば、『グルメの家』の開店時期とも綺麗に合致する。

「史上初の満点優勝に、君をボロボロに打ち負かす腕前。その上恐らくは新人ときた。とんでもない料理人が現れたもんだね」

「ええ、本当に……」

空になったグラスを見つめ、しみじみと呟くピルツ。

「彼の本当に恐ろしい部分は、その料理の独自性です。これまでに見たこともない料理で、感じたことのない美味しさでした……彼の店のレビューも少し調べてみたのですが、どの料理もその独創性に触れられていました」

オリジナルの絶品料理を次々生み出す料理人。

そのような料理人は、王都広しといえどもそうはいない。

ピルツの話を聞いたアメイシャは、目を閉じながらワインを一口飲む。

「『グルメの家』のメグル君か……きっとこの先も、彼の名前を聞くことになるだろうね」

「そうですね、きっと……」

楽しそうな笑みを浮かべるアメイシャに、ピルツも微かな笑みを返す。

（そう……彼ならきっと、届きうる……）

目の前にいるアメイシャのような、トップ層の中でもさらに一握りの〝超一流〟――今のピルツでは、到底太刀打ちできない化け物達。

そんな彼らの料理に感じる奇跡の神技、底知れぬ味の深淵《しんえん》を、あの瞬間ピルツはたしかに垣間見た。

一方、その〝超一流〟のアメイシャの中にも、メグルという料理人の存在は強烈な印象を刻んでいた。

（久しぶりに面白いことになりそうだね……）

愉快な笑みを湛えたアメイシャは、グラスに追加のワインを注ぐ。

――そして今、メグルの存在を認知している料理人はここにいる二人だけではない。

ピルツが絶賛したメグルの話は多くの一流と超一流達の耳に入り、各々に多様な印象を残していた。

何者なのかと探りを入れる者。

ライバルとして警戒する者。

今後の動向に注目する者。

将来の活躍を楽しみにする者。

中には気に留めない者も存在するが、アメイシャのように何かしらの予感——未来に吹く新風の匂いを感じ取り、ざわめきを覚える者もいる。

いずれ王都に訪れる革命の兆《きざ》しのような、賑やかな夜の話であった。

第十七話　今後の話

「ありがとうございました！」

「キュキュウッ!!」

カランカラン——

新店フェスから一カ月。

本日最後のお客さんが店を出た後、いつも通りキッチンを片付けた俺は、ツキネを抱えて二階へ上がった。

ビアとフルールは近所の散歩に出ているので、家にいるのは俺達だけだ。

「キュキュッ！」

「はは、今日も一日ありがとな。何か作るけど、リクエストはある？」

「キュウ……キュキュ!!」

「おっ、久々のカレー煮込みか。了解」

俺はウィンドウから【作成済みリスト】を開くと、『油揚げのカレー煮込み』をタップする。

新店フェスの準備期間中に作り出したもので、読んで字の如く油揚げをカレーで煮た料理だ。

「はいよ、お待ちどおさん」

「キュウ♪」

足元でそわそわしていたツキネの前に皿を置き、自分用の緑茶をコップに出す。

「ふぅ」

疲れた体に緑茶が染みるな……

窓際に立って緑茶を飲んだ俺は、往来の人々を眺めながら小さな息を吐く。

新店フェスの結果が発表され、行列ができるようになったことで、日々の忙しさはフェス前の比ではなくなった。

今日はとりわけ魔力を消費し、疲労が蓄積していたため、いつにもまして冷えた緑茶が美味い。

「それにしても、フェスからもう一カ月か……」

ベッドに移動し、仰向けで天井を見上げる俺。

この一カ月間はとにかく毎日が濃密で、いろいろな変化が起きている。

まず変化したことの一つが、営業時間の延長だ。

たくさんの注文をこなし、魔力量も増大したので、一日あたりの受付人数を少しずつ増やしている。それに伴って閉店時間も遅くなり、時短前と時短後の相中《あいなか》くらいの状態となった。

また、カレーライスの注文割合が大幅に減り、ここ一、二週間で〝半カレー屋状態〟を脱したのも大きな変化だ。

常連客の注文や相次ぐ店のレビューにより、カレー以外の料理も新規客から認知してもらえたのだろう。

今はカレーの注文も四、五人に一人程度に落ち着いて、他のメニューとのバランスが改善された。

「あとはやっぱり、この前のランキング入りかな……」

ちょうど先週の頭、『グルメの家』が魔法掲示板のランキングに載ったという通知が届いた。

新店フェスで残した成績が加味された結果、ランキング入りしたとのことである。

休日に皆で見に行ってみると、四百位台後半に『グルメの家』の名前があり、新たな道が開けたような嬉しさを覚えたものだ。

このまま少しずつ順位を伸ばしていき、いずれはグラノールさん達に追い付ければと思っている。

「――キュウ！」

「おっ、ツキネ。満足したか？」

「キュキュ♪」

そうだ、ツキネといえば……

隣に飛び込んできたツキネを撫でながら、先日起きた衝撃の事件を思い出す。

事の発端は三週間前の休日。

夜も深まりぐっすりと眠っていた俺を、ツキネが揺さぶって起こしてきた。

どうしたのかと尋ねると、誰かが一階に侵入した気配を感じたのだと言う。

慌てて一階に降りた俺達は、怪しい格好の二人組と遭遇した。

そして、キッチンを漁《あさ》ろうとしていた彼らを間一髪《かんいっぱつ》でツキネが捕らえ、翌朝衛兵に引き渡した。

これだけでも既に驚きの事件だが、衛兵の取り調べの結果、男達は、フィスクさんに雇われていたと判明したのだ。

俺に負けたことが相当頭に来たらしく、下痢《げり》を引き起こす毒物を仕込もうとしたようだ。

殺傷性のある毒ではなく、結局未遂に終わったものの、フィスクさんには星四つ分の降格と半年間の業務停止命令が下された。

事件の内容は記事として広まっているので、業務停止が解かれた後も茨《いばら》の道となるだろう。

完全なる自業自得であるが、まさかこれほど愚かな人だったとは思わず、店を狙われた怒りよりも呆《あき》れの感情が勝ってしまった。

「うん、あの人のことはもう忘れよう……」

跳ねるように体を起こし、ベッドに胡坐《あぐら》をかいた俺は、腕の中にツキネを抱きながらこの先のことを考える。

営業時間の延長や注文バランスの改善等、様々な変化を経験した一カ月だったが、その変化も一旦終わりを告げる。

来週を以《もっ》て『グルメの家』は営業を休止し、移転準備期間に突入するためだ。

まさか、開店から三カ月ちょっとで移転するとは思わなかったけど……

リチェッタさんが言っていたことについて、営業状況を踏まえて考えた結果、早いうちに移転すべきだと心が決まった。

移転先はまだ探している途中だが、ビア達と相談して慎重に検討するつもりだ。

配膳や会計を担当する従業員も雇う予定なので、移転先で準備が整うまでに最低でも数週間はかかる。ここ最近働き詰めの皆にとっては、ちょうど良い休暇《きゅうか》になるだろう。

「移転先か……」

新しい店舗に、新しい従業員……次なる挑戦の場を思うと、なんだかワクワクする自分がいる。

これまでに築いた場所を離れる寂しさはあるが、移転したからと言って全てが消えるわけではない。

「移転後も行くよ」と言ってくれる常連の人達がいるし、食の中心地でどこまで通用するのか試してみたい気持ちもあった。

「ただ、その前に……」

あと一週間ちょっと、きちんと仕事をこなさないとな。

まずは今の店を最後までしっかり営業し、できる限り最高の料理を届けることが大切だ。

「――よし、ツキネ。なんだか疲れも吹っ飛んだし、俺達も散歩に出かけるか!!」

「キュ？　キュキュキュウッ!!♪」

ツキネを肩に乗せて立った俺は、どこを歩こうかと考えながらドアノブに手をかけるのだった。

不死王はスローライフを希望します
FUSHIOU WA SLOW LIFE WO KIBOU SHIMASU
1~4
小狐丸
Kogitsunemaru
待望のコミカライズ
好評発売中!
不死王はスローライフを希望します
小狐丸
最弱ゴーストから最強バンパイアに超進化!?
の～んびり子育て中!
1～4巻
好評発売中!
最底辺の魔物・ゴーストとして異世界転生したシグムンド。彼は次々と魔物を倒して進化を重ね、やがて「不死王」と呼ばれる最強のバンパイアへと成り上がる。強大な力を手に入れたシグムンドは辺境の森に拠点を構え、魔物の従者やエルフの子供たちと共に、自給自足のスローライフを実現していく——!
●各定価:1320円(10%税込)
●Illustration:高瀬コウ
不死王はスローライフを希望します 1
小狐丸
小滝カイ
武力も魔力も極めた最強バンパイア 魔境でのんびり生産力を極めます
●定価:748円(10%税込)
●漫画:小滝カイ ●B6判

MATERIAL COLLECTOR'S
ANOTHER WORLD
TRAVELS
素材採取家の 1~13
異世界旅行記
第9回アルファポリス
ファンタジー小説大賞
大賞 読者賞
W受賞作!
KINOKO MASUO
木乃子増緒
異世界には
へんな素材が
盛り沢山!
なにこの異世界…
楽しすぎっ!
コミックス
1~5巻
好評発売中!

素材採取家の
異世界旅行記 13
MATERIAL COLLECTOR'S
ANOTHER WORLD
TRAVELS
木乃子増緒
奥すぎ!? 深すぎ!? 散りゲすぎ!?
103万部突破!!!
地底洞穴に挑むっ!

素材採取家の
異世界旅行記
木乃子増緒
ともぞ
1
13万部突破!!!
可愛い相棒と共に
レア素材だらけの—
異世界大探索へ

生まれて間もない王子アルベールは、ある日気がつくと川に流されていた。危うく溺れかけたところを下町に暮らす元冒険者夫婦に助けられ、そのまま育てられることに。優しい両親に可愛がられ、アルベールは下町でのんびり暮らしていくことを決意する。ところが……王宮では姿を消した第一王子を捜し、大混乱に陥っていた! そんなことは露知らず、アルベールはよみがえった前世の記憶を頼りに自由気ままに料理やゲームを次々発明。あっという間に神童扱いされ、下町がみるみる発展してしまい——発明好きな転生王子のお忍び下町ライフ、開幕!

●定価:1320円(10%税込) ISBN 978-4-434-31343-1 ●illustration:キッカイキ

この作品に対する皆様のご意見・ご感想をお待ちしております。

おハガキ・お手紙は以下の宛先にお送りください。

【宛先】

〒150-6008 東京都渋谷区恵比寿4-20-3 恵比寿ｶﾞｰﾃﾞﾝﾌﾟﾚｲｽﾀﾜｰ 8F
（株）アルファポリス　書籍感想係

メールフォームでのご意見・ご感想は右のＱＲコードから、
あるいは以下のワードで検索をかけてください。

アルファポリス　書籍の感想　検索

ご感想はこちらから

本書はWebサイト「アルファポリス」（https://www.alphapolis.co.jp/）に投稿されたものを、改題・改稿のうえ、書籍化したものです。

【味覚創造《みかくそうぞう》】は万能《ばんのう》です2
～神様《かみさま》から貰《もら》ったチートスキルで異世界一《いせかいいち》の料理人《りょうりにん》を目指《めざ》します～

秋ぶどう（あきぶどう）

2023年 1月 31日初版発行

編集－村上達哉・芦田尚
編集長－太田鉄平
発行者－梶本雄介
発行所－株式会社アルファポリス
〒150-6008 東京都渋谷区恵比寿4-20-3 恵比寿ｶﾞｰﾃﾞﾝﾌﾟﾚｲｽﾀﾜｰ8F
TEL 03-6277-1601（営業）　03-6277-1602（編集）
URL https://www.alphapolis.co.jp/
発売元－株式会社星雲社（共同出版社・流通責任出版社）
〒112-0005 東京都文京区水道1-3-30
TEL 03-3868-3275
装丁・本文イラスト－フルーツパンチ。（http://joto.yukihotaru.com/）
装丁デザイン－AFTERGLOW
印刷－図書印刷株式会社

価格はカバーに表示されてあります。

落丁乱丁の場合はアルファポリスまでご連絡ください。

送料は小社負担でお取り替えします。


ISBN978-4-434-31499-5 C0093